《秦观诗词鉴赏辞典》领衔撰稿

缪　钺　程千帆　周汝昌　叶嘉莹

沈祖棻　周振甫　刘学锴　周啸天

撰稿人(按姓氏笔画排列)

王兴康　孔燕妮　艾治平　叶嘉莹　冯海荣　刘学锴

刘竟飞　李廷先　吴功正　沈祖棻　陆志平　陈长明

陈文新　周汝昌　周振甫　周啸天　袁啸波　徐培均

高　原　陶道恕　程千帆　缪　钺

责任编辑　吕荣莉

【前　言】

【前言】

秦观（1049—1100），北宋词人，字少游，一字太虚，号淮海居士。高邮（今属江苏）人。少年丧父，侍母家居。少从苏轼游，文辞为苏轼所赏识。元丰七年（1084）苏轼书荐于王安石，次年登进士第，后应制科，除太学博士、秘书省校对黄本，又除秘书省正字，迁国史院编修官，授左宣德郎。因政治上倾向于旧党，被视为元祐党人，屡遭贬谪。绍圣元年（1094）坐党籍，改馆阁校勘，出为杭州通判，又坐御史刘拯言增损《神宗实录》案，道贬监处州酒税。绍圣三年（1096）在处州既罢职，修忏法海寺，坐谒告写佛书，削秩徙郴州（今属湖南郴州）。绍圣四年（1097）奉诏编管横州（今广西横县）。元符二年（1099）自横州徙雷州（今属广东）。次年哲宗崩，徽宗即位，复官放还，至藤州（今广西藤县）而卒。

秦观与黄庭坚、晁补之、张耒并称为"苏门四学士"，工诗、词、文，尤以词著名。其词语工入律、情韵兼胜、凄婉清丽、典雅流畅，为北宋重要之婉约派词人。词多写男女情爱，如《满庭芳》（山抹微云）"将身世之感打并入艳情"（周济《宋四家词选》），《鹊桥仙》（纤云弄巧）一反七夕词愁离恨别之陈套，赞美纯洁专一的爱情，命意超绝。《望海潮》（梅英疏淡）感时思归，以今昔对照，抒盛衰之感，《千秋岁》（水边沙外）情怀落寞，哀感顽艳，自然混成，耐人涵咏。有的词则气势宏伟，意境壮阔，如《望海潮》（星分牛斗）诸篇，风格庶几与苏词相近。《调笑令》咏古代美人，每首均以诗词相间，叙事抒情，歌舞相兼，形式较富变化，对后世戏曲发展不无影响。秦观诗风与词相近，清新婉丽，"有情芍药含春泪，无力蔷薇卧晚枝"（《春日五首》），代表了秦观之"女郎诗"（元好问《论诗绝句》）特色。其文宗西汉，气势雄健、瑰玮宏丽。著有《淮海集》四十卷，又《后集》六卷，《淮海居士长短句》三卷。

生平事迹见《宋史》卷四四四、清秦瀛《重编淮海先生年谱节要》(四部备要本《淮海集》附)。

作为本社中国文学名家名作鉴赏辞典系列丛书之一,《秦观诗词鉴赏辞典》精选秦观的词、诗、文代表性作品共50篇,邀请国内专家学者品评鉴赏,其中诠词释句,发明妙旨,有助于读者了解秦观诗词风流内蕴、气骨不衰、触目琳琅的艺术特色。另外,书末还附有《秦观生平与文学创作年表》,以供读者参考阅读。限于水平,错误疏漏之处在所难免,不当之处,尚祈读者指正。

上海辞书出版社文学鉴赏辞典编纂中心

2016.9

缪钺 程千帆 周汝昌 叶嘉莹 沈祖棻等撰写

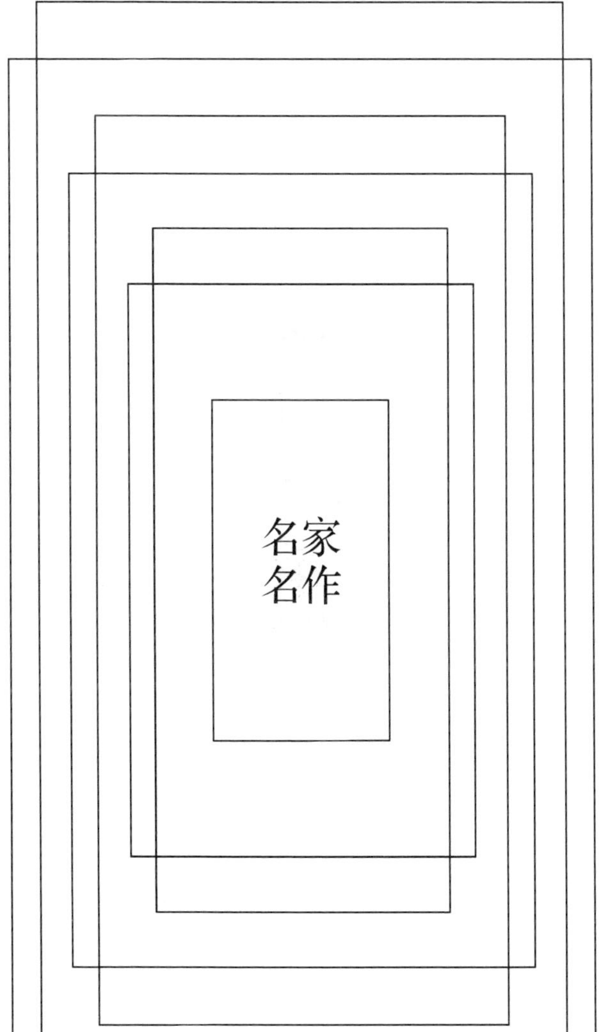

【目录】

【目录】

词

【目录】

缪钺 程千帆 周汝昌 叶嘉莹 沈祖棻等撰写

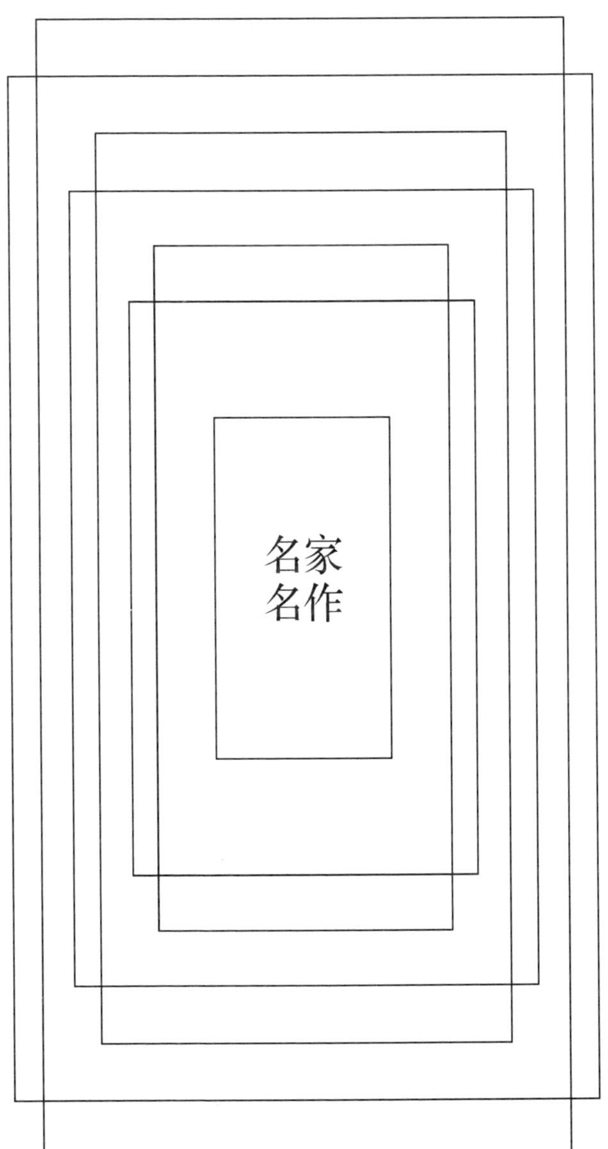

【词】

【原文】

望海潮

星分牛斗[①],疆连淮海[②],扬州万井提封[③]。花发路香,莺啼人起,珠帘十里东风。豪俊气如虹。曳照春金紫[④],飞盖[⑤]相从。巷入垂杨,画桥南北翠烟中。　　追思故国繁雄。有迷楼[⑥]挂斗,月观[⑦]横空。纹锦制帆[⑧],明珠溅雨[⑨],宁论爵马鱼龙[⑩]。往事逐孤鸿[⑪]。但乱云流水,萦带离宫[⑫]。最好挥毫万字,一饮拚千钟[⑬]。

〔注〕 ① 星分牛斗:古人将天上星辰与地上州郡的位置相对应,地上的扬州,正对应着天上的牛斗二星。 ② 疆连淮海:《书·夏书·禹贡》:"淮海惟扬州。" ③ 万井提封:《汉书·刑法志》:"一同百里,提封万井。"古代八家为井,万井即八万余户,此极言扬州人烟繁盛。提封,大略、通共的意思。 ④"曳照"句:曳,拖。金紫,贵官的金印与紫绶。此句指贵人身着华服,映照春光。 ⑤ 飞盖:疾驶的马车。盖,车篷。 ⑥ 迷楼:迷楼是隋炀帝所建,在扬州西北郊。 ⑦ 月观:观阁名。南朝宋时南兖州刺史徐湛之在扬州所建。 ⑧ 纹锦制帆:以锦缎作船帆。《大业拾遗记》:"至汴,帝御龙舟,萧妃乘凤舸,锦帆彩缆,穷极侈靡。" ⑨ 明珠溅雨:《隋遗录》:"炀帝命宫女洒明珠于龙舟上,以拟雨雹之声。" ⑩ 爵马鱼龙:爵通"雀",爵马鱼龙泛指百戏杂耍。鱼龙之戏始自两汉,《汉书·西域传》载:"作曼衍鱼龙角觝之戏以观视之。" ⑪ 往事逐孤鸿:唐杜牧《题安州浮云寺寄湖州张郎中》诗:"恨如春草多,事与孤鸿去。" ⑫ 萦带离宫:萦带,萦绕。离宫,行宫。 ⑬"最好"句:欧阳修《朝中措·送刘仲原甫出守维扬》:"文章太守,挥毫万字,一饮千钟。"

《望海潮》词调创自柳永，据罗大经《鹤林玉露》所载，这是柳永献给杭州地方官孙何（一说孙沔）的干谒之作，描写杭州的富庶壮丽，“东南形胜，三吴都会，钱塘自古繁华”，陈振孙在《直斋书录解题》中称赞它“承平气象，形容曲尽”。据说金主完颜亮也被“三秋桂子，十里荷花”之句所倾倒，兴兵南下。自柳词之后，此调多用来描写都市风光，抒发豪情。秦观的这首词就是如此，有明显的模仿柳词的特征。

秦观年轻的时候多次游览扬州，叶梦得称他的词“盛行于淮楚”。宋神宗元丰三年（1080），他在《与李乐天简》中谈及扬州之游：“时复扁舟，循邗沟而南，以适广陵，泛九曲池，访隋氏陈迹。入大明寺，饮蜀井，上平山堂，折欧阳文忠所种柳，而诵其所赋诗，为之喟然以叹。遂登摘星寺。寺，迷楼故址也，其地最高，金陵、海门诸山，历历皆在履下。其览眺所得，佳处不减会稽望海亭，但制度差小耳。仆每登此，窃心悲而乐之。人生岂有常？所遇而自适，乃长得志也。”此词可能作于此次游览之后，不仅迷楼、欧阳公平山堂等景物与游览相合，且词中情绪与“人生岂有常？所遇而自适，乃长得志也”也如出一辙，乃摹今吊古、豪旷自放之作。

上阕摹写扬州之繁华壮丽，仿佛一篇层次分明的游记。起首两句提纲挈领，从天文地理落笔，总写州郡之雄阔。星分牛斗，指扬州是牛斗二星的分野。疆连淮海，意思是扬州北据淮河，南连大海，疆域广大。这两句模仿王勃《滕王阁序》“星分翼轸，地接衡庐”句子。第三句“扬州万井提封”，说扬州有八万多户人家，极写扬州人口之多，规模之巨。这三句像是电影里的航拍镜头，给读者一个鲜明的宏观印象。宋代扬州是个繁华的商业城市，比秦观稍早的司马光在《送杨秘丞通判扬州》诗中盛赞扬州人烟阜盛，市面繁荣，“万商落日船交尾，一市春风酒并垆”。

从“花发路香”到“飞盖相从”六句，镜头移近，由宏观而至细微，由总括

【鉴赏】

而至特写，分写扬州两种代表性的杰出人物。“花发路香”三句写美人。“珠帘”句出杜牧《赠别》：“春风十里扬州路，卷上珠帘总不如。”时节正当芳春，红萼花发，香气袭人，绿树藏莺，娇声盈耳，满城活色生香，丽影处处，莺声呖呖，家家户户卷起珠帘，但见美人如云，令人沉醉。“豪俊气如虹”三句写俊彦豪杰。气如虹，气概飞扬。唐李贺《高轩过》：“马蹄隐耳声隆隆，入门下马气如虹。”照春金紫，出杜甫诗：“淮海维扬一俊人，金章紫绶照青春。”豪俊之士气概飞扬，英姿勃发，他们身穿高贵的华服，映照春光，在街头成群结队，飞盖相从。此景和上面“珠帘十里东风”的美丽景象相结合，构成了一副富丽堂皇、引人入胜的都市行乐图。“巷入垂杨”两句归结到词人自身，游赏归来，路入垂杨巷陌，行过翠烟画桥，可见词人居处之妍丽，情绪之高昂。

过片从摹今转到怀古，“追思”二字领起以下六句，展现“故国繁雄”。秦观是高邮人，属扬州，称扬州为故国十分恰当。迷楼高耸入云，直接星斗，月观凌空，隋炀帝和萧妃清夜驾临的身影就在其中。纹锦制成的船帆连接千里，明珠从宫女纤手中落下，在甲板上溅出玲珑雨声，这一切是多么繁华豪奢，更不要说种种珍禽异兽、杂耍百戏，更是不可胜数。

“往事”三句，写故国繁雄已成为往事，景随昔人没，事与孤鸿去，沧海桑田，物换星移，如今只有乱云流水，烟笼离宫。《大业杂记》载隋炀帝在长安与扬州之间修建了四十多所离宫，而宋朝时扬州离宫早已荒废，王观《扬州赋》云：“残刻断礎，烧昏草没，而牛羊牧放之所，凭陵而上下者，此前王之离宫别殿也。”离宫荒废，帝王不再，江山依旧，物是人非。迷楼挂斗，星斗依然，迷楼何在？空有摘星寺而已。月观横空，当年隋炀帝与萧妃赏月作诗《春江花月夜》：“流波将月去，潮水带星来。”而如今帝后并归黄土，正是“人生代代无穷已，江月年年只相似”。

扬州在两汉时期十分繁华，在汉末乱世中逐渐衰败，此后又经历了几场兵祸，特别是南朝宋孝武帝时的竟陵王刘诞谋反，彻底将扬州变成了一座荒城，鲍照因此作《芜城赋》。词中用“爵马鱼龙”这个典故，将历史上扬州城的几次盛衰联系在一起。两汉时繁华的扬州，鲍照时化作荒草芜城；炀帝时的迷楼月观，此时也已化作残刻断礎；而今日扬州的珠帘十里、照春金紫，又何尝不是明日的孤鸿往事、乱云流水？后之视今，亦犹今之视昔。苏轼《永遇乐》中写：“异时对，黄楼夜景，为余浩叹。”正是此意。南宋时姜夔写《扬州慢》词：“自胡马窥江去后，废池乔木，犹厌言兵。渐黄昏，清角吹寒，都在空城。”正验证了扬州盛衰起伏的再次轮回。

末二句的感叹承上而来，语出欧阳修《朝中措·送刘仲原甫出守维扬》：“文章太守，挥毫万字，一饮千钟。”也是一个和扬州有关的典故。拚，舍弃，不顾惜的意思，此处有及时行乐意，可与秦观《与李乐天简》中“人生岂有常？所遇而自适，乃长得志也”参照理解。世事无常，盛衰不定，唯有旷达洒脱，随缘自适，方能从无常中得到解脱。

（孔燕妮）

望海潮

梅英[①]疏淡，冰澌溶泄[②]，东风暗换年华。金谷[③]俊游，铜驼[④]巷陌，新晴细履平沙。长记误随车。正絮翻蝶舞，芳思交加。柳下桃蹊，乱分春色到人家。　　西园[⑤]夜饮鸣笳。有华灯碍月，飞盖妨花。兰苑[⑥]未空，行人渐老，重来是事堪嗟！烟暝酒旗斜。但倚楼极目，时见栖鸦。无奈归心，暗随流水到天涯。

〔注〕 ① 梅英：梅花。　② 冰澌（sī）溶泄：冰块溶解流泄。　③ 金谷：

【原文】

指晋石崇所筑的金谷园。 ④ 铜驼：即铜驼街。 ⑤ 西园：即金谷园。 ⑥ 兰苑：美丽的园林。

这首词，宋本《淮海居士长短句》无题，汲古阁本《淮海词》题为《洛阳怀古》。细玩词意，乃是感旧而非怀古；且作词之地也为汴京而非洛阳。至其作期，则在绍圣元年(1094)春，即朝局大变，旧党下台，新党再起，他因此贬官即将离京之时。

秦观曾于元丰五年(1082)及八年(1085)两度入京应试，但只是在元祐五年(1090)制举及第之后，才留京供职达五年之久，得以参与当时名公的文酒之会，而元祐七年(1092)的赐宴，则是他印象最深的一次。《淮海集》载《西城宴集》诗序云："元祐七年三月上巳，诏赐馆阁官花酒，以中浣日游金明池、琼林苑，又会于国夫人园。会者三十有六人。"这是当时罕有的盛举，所以作者后来贬谪处州(州治在今浙江丽水)，作《千秋岁》词，还提及"忆昔西池会，鹓鹭同飞盖"，而致慨于"日边清梦断，镜里朱颜改"。此刻更是记忆犹新，怎生舍得不在贬官去国之时，重游其地，让两年前的这件事再现心头，形诸笔墨呢？

这首词的结构有些特别。一般的词，都从换头处改变作意，如上片写景，下片写情，或上片写今，下片写昔等。此词也是以今昔对比，但它是先写今，再写昔，然后又归到今。忆昔是全篇的重点，这一部分通贯上下两片，而不从换头处换意。

上片起头三句，写初春景物。梅花渐渐地稀疏，结冰的水流已经溶解，在东风的煦拂之中，冬天悄悄地走了，春天不声不响地来了。"暗换年华"，指的当然是眼前自然界的变化，但对于自己荣辱穷通所关至巨的政局变化即寓其中。此种双关的今昔之感，直贯结句思归之意。

从“金谷俊游”以下，一直到下片“飞盖妨花”为止，共十一句，都是写的旧游，而以“长记”两字领起，“误随车”固在“长记”之中，即前三句所写在金谷园中、铜驼路上的游赏，也同样在内。但由于格律关系(此词四、五句要实对，如柳永的“东南形胜”一首亦作“烟柳画桥，风帘翠幕”)，就把“长记”这样作为领起的字移后了。所以读时不可误会，以为“金谷”三句是写今而非忆昔。只要仔细一点，就不难看出，此三句所写都是欢娱之情，与下片后半所写今日的感伤心绪很不和谐，显然不是一时之事。

在汴京居住达五年之久，“长记”之事，当然可说者甚多，而这首词写的只是两年前春天的那一次游宴。金谷园是西晋石崇的花园，在洛阳西北。铜驼路是西晋都城洛阳皇宫前一条繁华的街道，以宫前立有铜驼而得名。故人们每以金谷、铜驼代表洛阳的名胜古迹。但在本篇里，西晋都城洛阳的金谷园和铜驼路，却是用以借指北宋都城汴京的金明池和琼林苑，而非实指。与下面的西园也非实指曹魏邺都(在今河北临漳西)曹氏兄弟的游乐之地，而是指金明池(因为它位于汴京之西)同。古人诗词中出现的名胜古迹名称，或为实指，或以借喻，要根据诗中情事，具体分析，不可一概而论。如骆宾王《艳情代郭氏答卢照邻》“铜驼路上柳千条，金谷园中花几色”，或系实指；刘禹锡《杨柳枝》“金谷园中莺乱飞，铜驼陌上好风吹”，亦为实指。而元人雅琥《汴梁怀古》云：“荆榛无月泣铜驼”，则显然是以洛阳之典来咏汴梁，与秦词全然相同了。总之，这“金谷”三句，乃是说前年上巳，适值新晴，游赏幽美的名园，漫步繁华的街道，缓踏平沙，非常轻快。

由于记起当年在大道之上，名园之中，“细履平沙”，因而连带想起最令人难忘的“误随车”那件事来。“误随车”出韩愈《游城南十六首》中的《嘲少年》：“直把春偿酒，都将命乞花。只知闲信马，不觉误随车。”而李白的《陌上赠美人》：“白马骄行踏落花，垂鞭直拂五云车。美人一笑褰珠箔，遥指红楼是妾家。”以及张泌的《浣溪沙》：“晚逐香车入凤城，东风斜揭绣帘轻，慢

【鉴赏】

回娇眼笑盈盈。 消息未通何计是？便须佯醉且随行，依稀闻道太狂生。”则都可作随车的注释。不过有有意之随与无心之误的区别而已。士女倾城，春游极盛，在那种“车如流水马如龙”的盛况之下，“误随车”是完全可能的。尽管那次只是“误随”，但却引起了词人温馨的遐思，使他对之长远地保持着美好的记忆，在心里萦回不已，难以忘怀。

“正絮翻蝶舞”四句，写春景。时间已由初春到了艳阳天，所以春色也就更其浓丽了。“絮翻蝶舞”“柳下桃蹊”，正面形容浓春。春天的气息到处洋溢着，人在这种环境之中，自然也就“芳思交加”，即心情充满着青春的欢乐了。而且，这浓丽的春光并非作者所能独占，而是被纷纷地送到了沿着“柳下桃蹊”住着的许多人家。这个“乱”字下得极好，它将春色无所不在，乱哄哄地呈现着万紫千红的图景出色地反映了出来。

换头“西园”三句，从美妙的景物写到愉快的饮宴，时间则由白天到了夜晚，以见当时的尽情欢乐。西园借指西池。曹植的《公宴》写道：“清夜游西园，飞盖相追随。明月澄清景，列宿正参差。”曹丕《与吴质书》云：“白日既匿，继以朗月。同乘并载，以游后园。舆轮徐动，参从无声；清风夜起，悲笳微吟。”又云：“从者鸣笳以启路，文学托乘于后车。”词用二曹诗文中意象，写日间在外面游玩之后，晚间又到国大人园中饮酒、听乐。各种花灯都点亮了，使得明月也失去了她的光辉；许多车子在园中飞驰，也不管车盖擦损了路旁的花枝。写来使人觉得灯烛辉煌，车水马龙，如在目前。“碍”字和“妨”字，不但显出月朗花繁，而且还显出灯多而交映，车众而并驰的盛况。

以上十一句写旧游。把过去写得愈热闹就愈衬出现在的凄凉、寂寞。“兰苑”二句，暗中转折，逼出“重来是事堪嗟”，点明怀旧之意，与上“东风暗换年华”相呼应。（兰苑即指金谷、西园之类。是事，犹言每事。）追忆前游，是事可念，而“重来”旧地，则“是事堪嗟”，感慨深至。

当年西园夜饮，何等意气！今天酒楼独倚，何等消沉！烟暝旗斜，暮色苍茫，既无飞盖而来的俊侣，也无鸣笳夜饮的豪情，极目所至，已经看不到絮、蝶、桃、柳这样一些春色，只是“时见栖鸦”而已。这时候，当然早已没有了交加的芳思，而宦海风波，仕途蹉跌，也使得词人不得不离开汴京，于是归心也就自然而然地同时也是无可奈何地涌上心头来了。

这首词的主旨是感旧，感时之意即寓其中；由感旧而思归，则盛衰之意自见，故以今昔对照为其基本表现手段。它用大量的篇幅写旧游之乐以反衬今日之牢落衰老，所以感染力特强。这也就是周济《宋四家词选》所说的“两两相形”。如酒楼和金谷、铜驼、西园、兰苑，“烟暝旗斜”和“华灯碍月，飞盖妨花”，“倚楼”和“随车”，“栖鸦”和“蝶舞”，“归心”和“芳思”，“暗随”与“乱分”，“天涯”和“人家”，无往而非两两相形，以见今昔之殊，而抒盛衰之感。

（程千帆　沈祖棻）

望海潮

【原文】

奴如飞絮，郎如流水，相沾便肯相随。微月户庭，残灯帘幕，匆匆共惜佳期。才话暂分携①。早抱人娇咽，双泪红垂②。画舸难停，翠帏轻别两依依。　别来怎表相思？有分香帕子，合数松儿③。红粉脆痕④，青笺嫩约⑤，丁宁⑥莫遣人知。成病也因谁？更自言秋杪⑦，亲去无疑。但恐生时注著，合有分于飞⑧。

〔注〕①暂：猝然，忽然。分携：分手。　②红泪：指女子的眼泪。

【原文】

③ 分香帕子，合数松儿：皆离别时赠物。分香帕子，分手时所赠罗帕。合数松儿，成双作对的松子。 ④ 脆痕：泪在脂粉上留下的淡痕。 ⑤ 嫩约：指男女间不坚牢的信约。 ⑥ 丁宁：叮咛，嘱咐。 ⑦ 秋杪：秋末。 ⑧ 于飞：偕飞。于，语助词。比喻男女恩爱欢合。

这是一首赠妓词。上阕头三句便表明了双方的身份。飞絮流水之比，"相沾便肯相随"的"便肯"二字，一方面是形容双方一见倾心，难舍难分；另一方面也暗示了双方关系的轻率和不牢靠。正如杜甫诗"颠狂柳絮随风去，轻薄桃花逐水流"，常被人用来形容轻佻浮薄的男女关系。古时文人大多过着飘零四方的游宦生活，和青楼女子的感情易于发生而难以维系，纵使怜香惜玉，也无法给对方坚定的承诺。这是时代所限。"微月"三句，写二人相会，深觉相见之难，佳期之短。庭外黎明将至，只留下微淡的月光，帘内灯烛已残，可见两人整整一夜未睡。"共惜佳期"，点明这种感情不是单向，而是双方共有。柔情似水，佳期如梦，即使一夜不眠，对情人来说还是远远不够，奈何时光太匆匆。月光已淡，烛光已残，正是光线最黯淡的时候，也是两人心情最黯淡的时候，因为已经到了分手的时刻。"才话暂分携"，感觉还没说上多少话，还有千言万语要倾诉，忽然间就要离别。"暂"是忽然、意想不到的意思。别离当然是计划中的，并非临时起意，说忽然，是强调了心理上的不舍和刺痛。有此情绪上的铺垫，才有下句的"早抱人娇咽，双泪红垂"。一个"早"字，写出了女主人公迸发的感情和离别的痛苦。红泪既指女子的泪水，也暗暗绾合上句的残灯，"蜡烛有心还惜别，替人垂泪到天明"。"画舸难停"二句接"分携"，写离别之景。词人乘船离去，船亟待发，不容许多停一刻，正是柳永《雨霖铃》"留恋处、兰舟催发"之意。林逋《长相思》词："君泪盈，妾泪盈，罗带同心结未成。江头潮已平。"可做注脚。"难停"照应"匆匆"，"翠帏"照应"帘幕"，"轻别"照应"暂分携"，"两

依依”照应“共惜”，针线细密，造语精心，字字落到实处，无一处闲笔，词意缠绵，词情温厚，可见词人在言情上的造诣。近人吴梅评论秦观词“思路沉着，极刻画之工，非如苏词之纵笔直书也。北宋词家以缜密之思，得遒炼之致者，惟方回与少游耳”(《词学通论》)。

过片由别离过渡到别后的相思。“别来怎表相思?”一个问句领起下阕。什么东西能寄托相思？有女方赠送的罗帕和松子。罗帕而曰“分香”，是希望香气能代替自己陪伴在情人身旁，松子而曰“合数”，是希望两人能像松子一样成双作对。不仅有别时的赠物，更有别后书信。青笺上写着期约，留着粉痕。粉痕而曰“脆”，是笺纸上沾染了淡淡的泪痕，期约而曰“嫩”，是承诺中尚有犹疑之意。犹疑不是因为感情不够浓烈，恰恰是因为感情太深，生怕期约不能实现，故而“丁宁莫遣人知”，不愿意让别人知道。古时文人常把女子写给自己的情书公之于众，玩赏炫耀。元稹《莺莺传》中张生就把莺莺写给他的书信给朋友看。本词中的女主人公特意嘱咐词人不要让别人知道，也是出于这种考虑。

“成病”三句补足“嫩约”之意，女主人公承诺秋末的时候一定和词人再会。细细思之，既已成病，如何能够远行？既是不坚定的嫩约，又如何“亲去无疑”？此又可见其情之深，其约之嫩。不管能否成行，不管山重水远，不管人事变化，女主人公想要和情人相会，想要长相厮守的决心十分坚定。即使人不能行，梦魂也要随郎远去。从“别来怎表相思”到“亲去无疑”九句，正和姜夔《踏莎行·自沔东来丁未元日至金陵江上感梦而作》词“别后书辞，别时针线，离魂暗逐郎行远”异曲同工。柔情暗系，别时分香赠帕，别后垂泪作书，病体支离，梦萦魂牵，实乃一片真情。末两句写二人说不定有今生比翼双飞的缘分，照应开头“奴如飞絮，郎如流水，相沾便肯相随”，一洗轻薄之态，化作深挚之情。

秦观与歌妓之流交往颇多，有不少词描绘和歌妓舞女的欢情别绪，“情深语浅，曲曲传出儿女柔情”（龙榆生《苏门四学士》），比如本词“奴如飞絮，郎如流水，相沾便肯相随”。又如《满庭芳》词：“销魂！当此际，香囊暗解，罗带轻分。”《水龙吟》词：“玉佩丁东别后，怅佳期、参差难又。名缰利锁，天还知道，和天也瘦。”苏轼批评他学柳永作词，程颐更讥之为“亵渎上天”，甚至有人将他死于贬所也归罪于“口舌劝淫之过”（宋陈鹄《西塘集·耆旧续闻》卷八），前者尚有可论，后者实属吹毛求疵。元祐七年（1092），贾易和赵君锡弹劾秦观“薄于行”，有“不检之罪”（《续资治通鉴长编》卷四六三），更是以艺文获罪的无妄之灾了。

（孔燕妮）

沁园春

宿霭[①]迷空，腻云[②]笼日，昼景[③]渐长。正兰皋[④]泥润，谁家燕喜[⑤]；蜜脾[⑥]香少，触处[⑦]蜂忙。尽日无人帘幕挂，更风递、游丝[⑧]时过墙。微雨后，有桃愁杏怨，红泪淋浪[⑨]。　风流寸心易感，但依依伫立，回尽柔肠[⑩]。念小奁瑶鉴，重匀绛蜡[⑪]；玉笼金斗，时熨沉香[⑫]。柳下相将[⑬]游冶处，便回首、青楼成异乡。相忆事，纵蛮笺[⑭]万叠，难写微茫[⑮]。

〔注〕 ① 宿霭：经夜不散的雾气。 ② 腻云：厚重的云层，常出现于雨后。 ③ 昼景：日光。 ④ 兰皋：长着兰草的水岸。 ⑤“谁家”句：出白居易《钱塘湖春行》：“谁家新燕啄春泥。” ⑥ 蜜脾：蜜蜂酿蜜的蜂房，其形如脾。 ⑦ 触处：到处。 ⑧ 游丝：飘动着的虫丝。 ⑨ 红泪淋浪：花上雨落，如美人红泪。 ⑩ 回肠：喻忧思盘旋，悲痛郁结，如肠之被牵转。 ⑪“念小”句：想她打开妆奁，对镜重匀脂粉。奁：女子梳妆用的镜

匣。瑶鉴：镜之美称。匀：涂抹。绛蜡：本指红烛，此指胭脂一类富有光泽的化妆品。 ⑫“玉笼”句：出唐李商隐《效徐陵体赠更衣》诗：“轻寒衣省夜，金斗熨沉香。”玉笼：精美的熏笼。金斗：涂金的熨斗。沉香：又名“沉水香”“水沉香”。《太平御览》卷九八二引三国时吴国万震《南州异物志》云：“沉水香出日南。……积久，外皮朽烂。其心至坚者，置水则沉，名沉香。” ⑬相将：相携，相随，相伴。 ⑭蛮笺：或作蛮牋。谓蜀笺，唐时指四川地区所造彩色花纸，宋沿唐习，亦称蛮笺。 ⑮微茫：曲折渺茫，隐约微妙。

这是一首春日怀人词。词中所思是一名青楼女子，词人对她的感情甚是深厚，但两人相隔两地，难求一聚，正如韦庄《荷叶杯》词中所写：“如今俱是异乡人，相见更无因。”许是因此，词人的感情含蓄隐约，叙说委婉，情致摇曳。明沈际飞《草堂诗余》别集评曰：“委委佗佗，条条秩秩，未免有情难读，读难厌。”

上阕写景，景中含情。起首三句从高远处写起。夜间刚下过雨，雾气犹未散去，笼罩空中，一片烟霭迷离。厚厚的云层遮蔽了日光，暮春将歇，白昼初长。在一片潮湿粘腻的空气中，人的情绪不免抑郁低迷，时间仿佛和空气一样凝滞不流，将这种情绪不断加以酝酿发酵。“腻云”二字多用来形容女子丰厚的美发，如柳永《定风波》词：“暖酥消，腻云亸。”宋祁《蝶恋花》词：“隐隐枕痕留玉脸，腻云斜溜钗头燕。”此处用来形容云层，暗暗透露怀人之意。

起首三句写无情之物，云霭迷离，大块涂抹，如纵笔写意，接下来“正兰皋泥润”四句转入工笔细描，写有情之物。眼中所见，是燕子衔泥做巢；耳中所闻，是蜜蜂采花营营。因为泥润，所以燕喜，这是视觉兼有触觉；因为香少，所以蜂忙，这是听觉又兼有嗅觉。这两句从白居易“谁家新燕啄春泥”和李商隐“红露花房白蜜脾”而来，词人写得很细致、很有条理。但写景

【鉴赏】

并不是目的，其中蕴含着人，蕴含着感情。燕喜蜂忙，到处都是高高兴兴，忙忙碌碌，而词人却是站在一旁呆看。“昼景渐长”，说明词人已经看了很长时间，无聊和孤独可见一斑。这是反衬的手法。

前六句景中见人，及至“尽日无人”一句，则挑明寂寞之心绪。因为寂寞，词人的感触更加细腻，观察也更加敏锐。风不时把游丝从墙的那边吹过来，萦绕在词人的心头，牵情扯绪。一个“更”字，写出了词人屡屡被春景所刺激的烦恼和无奈。“当路游丝萦醉客，隔花啼鸟唤行人。”（欧阳修《浣溪沙》）游丝是春天最有代表性的景物之一，游丝既时不时过墙，可见游丝之长、之轻、之多，词人的隐衷也和游丝一般隐隐若现。风既能时时吹拂游丝，可见风力之微、之细、之舒缓，呼应开头的宿霭与腻云。

“微雨后”三句，写雨后桃杏之上的雨珠簌簌而落，含愁带怨，如美人红泪淋浪而下。桃自然无愁，杏也不会怨，桃愁杏怨是拟人手法，将桃杏比作意中人，悬想她的愁容泪影。将花沾雨露比作美人哭泣，诗词中所常见。白居易《长恨歌》诗：“梨花一枝春带雨。”取梨花娇弱可怜之态。李贺《苏小小墓》：“幽兰露，如啼眼。”取兰花幽邃绮艳之形。本词“桃愁杏怨，红泪淋浪”，是取桃杏轻檀浅红之色，以逗出“红泪”一词。

总的来说，上阕采取的是层层递进的写法。头三句大处着笔，涂抹背景，“正兰皋泥润”四句转入细节描绘，“尽日无人”两句是极细微的特写，末三句虚实相间，如蒙太奇的重叠手法，花则人也，人则花也。虽是写景，而层层将内心活动透露到景物之中，情景交融，打成一片。

下阕记事兼抒情。“风流”三句，承上启下。因为“寸心易感”，所以能体会到上阕的燕喜蜂忙、桃愁杏怨。“但依依伫立”，“伫立”是动作，“依依”是情态，“但”是无可奈何、只能如此，五字将词人的动作、情态、心绪全部刻画了出来。“回尽柔肠”，谓内心极度痛苦，柔肠百结，一方面呼应上阕的“红泪淋浪”，另一方面更进一步展开词人的内心世界，为下面的怀人做铺垫。

“念小夽”以下四句是怀人的正文,既是回忆,也是想象。想她或许打开梳妆匣,对镜重匀脂粉,或许从燃着沉香的熏笼中拿出熨斗,时不时熨一下衣裙。“重匀”“时熨”,说明女子在重整装束,将上阕“红泪淋浪”的比喻落到实处。因为淋浪的泪水沾污了粉面,打湿了衣裳,所以才需要重匀、时熨。此处的“时”字和上阕“时过墙”之“时”重复,正是李清照《一剪梅》中所写:“一种相思,两处闲愁。”

“柳下”两句追忆过往,感慨现在。昔日我们在柳下携手共游,然而欢乐霎时便成过往,偶一回首,顿成他乡之客。青楼成异乡,强调了离别的突兀和浮生若梦的痛苦,如王羲之在《兰亭集序》中说:“向之所欣,俯仰之间,已为陈迹。”

末二句,“纵蛮笺万叠,难写微茫”。纵有万叠蛮笺,也难以写出心中那些曲折渺茫的感情。当时相知,此时相忆,千般愁怨,万种相思,随着时光流逝,日渐模糊渺茫,不但文字书写不出,恐怕词人自己也难以理清了。李商隐《锦瑟》诗曰:“此情可待成追忆,只是当时已惘然。”姜夔《鹧鸪天·元夕有所梦》词曰:“人间别久不成悲。”痛苦至无法诉说的地步,便有不尽怅惘悲凉之意,至此,才算是缴足“回尽柔肠”。回首上阕燕喜蜂忙的春日胜景,更觉凄凉酸楚,令人不禁慨叹:“一生一代一双人,争教两处销魂。相思相望不相亲,天为谁春。”

（孔燕妮）

【原文】

水龙吟

小楼连苑横空，下窥绣毂雕鞍骤[①]。朱帘半卷，单衣初试，清明时候。破暖轻风，弄晴微雨，欲无还有。卖花声过尽，斜阳院落；红成阵，飞鸳甃[②]。　　玉佩丁东别后。怅佳期、参差难又。名缰利锁，天还知道，和天也瘦。花下重门，柳边深巷，不堪回首。念多情、但有当时皓月，向人依旧。

〔注〕 ① 前人有批评首二句者。宋俞文豹《吹剑三录》云："东坡问少游别后有何作？少游举'小楼连苑横空，下窥绣毂雕鞍骤'。坡曰：'十三个字只说得一个人骑马楼前过。'"清沈祥龙说："词当意余于辞，不可辞余于意。东坡谓少游'小楼连苑横空，下窥绣毂雕鞍骤'二句，只说得车马楼下过耳，以其辞余于意也。"（《论词随笔》）今人也有不以为然者，如吴世昌以为此说不确，因为句中非但有马，而且有车，东坡不可能连"绣毂"二字也不识。
② 鸳甃（zhòu）：用对称的砖瓦砌成的井壁。

这是一首赠妓词。《苕溪渔隐丛话前集》卷五十引《高斋诗话》云："少游在蔡州，与营妓娄琬字东玉者甚密，赠之词云'小楼连苑横空'，又云'玉佩丁东别后'者是也。"此词颇具特色，深情绵眇，婉转凄恻，从男女两方抒写了别情。其好处并不在起调，而在上下片两结具有有余不尽的情致。上片从女方着笔，写她在楼上看到恋人身骑骏马奔驰而去。这个开头是用顿入的手法，一下子闪出两个人物形象。然后便写别时天气，别时景物。明李攀龙说："轻风微雨，写出暮春景色。"又说："按景缀情，最有余趣。谓笔

能生花,信然!"(《草堂诗余隽》卷二引)所谓"按景缀情",就是在景物描写中缀入人物的别情。"朱帘"三句,承首句"小楼"而言,谓此时楼上佳人正身穿春衣,卷起朱帘,出神地凝望着远去的情郎。"破暖"三句,表面上是写微雨欲无还有,似在逗弄晴天,实际上则缀入女子的思想感情——它也像当前的天气一样阴晴不定。如果说相别的时间在早晨或午后,那么这位女子就是一个人在楼上一直等待到红日西斜。以下四句便写这种等待的过程以及"候人兮猗"(涂山氏《候人歌》)的情绪。轻风送来的卖花声清脆悦耳,充满着生活的诱惑力,也容易引起人们对美好事物的追求。女主人公想去买上一枝插在鬓边;可是纵有鲜花,谁适为容?她没有心思买花,只好让卖花声过去,过去,直到它过尽。"过尽"二字用得极妙,从中可以想象得到女主人公谛听的神态、想买又不愿买的惋惜之情。特别巧妙的是,词人将声音的过去同时光的流逝结合在一起写,若是一字一顿地吟诵"卖花声过尽斜阳院落",便会体会到女主人公绵绵不尽的感情。歇拍二句,则是以景结情。落红成阵,飞遍鸳甃(此指井台),景象是美丽的,感情却是悲伤的。花辞故枝,象征着行人离去,也象征着红颜憔悴,最易使人伤怀。它同"飞红万点愁如海"(《千秋岁》)相比,意境有些相似,但却没有点明愁字。不言愁而愁自在其中,因而蕴藉含蓄,带有悠悠不尽的情味。

下片从男方着笔,写别后情怀。"玉佩丁东别后",虽嵌入"东玉"二字,然无人工痕迹,且比起首二句凝练准确,读后颇有"环佩人归"之感。"怅佳期、参差难又",是说再见不易。参差犹差池,即蹉跎、失误。刚刚言别,马上又担心重逢难再,可见人虽远去,而留恋之情犹萦回脑际。至"名缰利锁"三句,始点出不得不与情人分别的原因。古代士人,既向往爱情的幸福,也要追求功名富贵,这是当时社会造成的一种思想矛盾。为了功名富贵,不得不抛下情人,词人思想上是矛盾的、痛苦的,因此发出了诅咒。"和天也瘦"句从李贺《金铜仙人辞汉歌》中"天若有情天亦老"化来。但以瘦易老，却别有情味，明王世贞对此极为赞赏，他说："词内'人瘦也、比梅花瘦几分'，又'天还知道，和天也瘦'，又'莫道不销魂，帘卷西风，人比黄花瘦'，三瘦字俱妙。"（《弇州山人词评》）它概括了人物的思想矛盾，突出了相思之苦。多少个不眠之夜，多少次辗转反侧……都包含在一"瘦"字中。明沈际飞说："天也瘦起来，安得生致？少游自抉其心。"（《草堂诗余正集》卷五）可谓揭示了"瘦"字的奥妙。"花下"三句，照应首句，回忆别前欢聚之地。此时他虽策马远去，途中犹频频回首，瞻望女子所住的"花下重门，柳边深巷"。着以"不堪"二字，更加刻画出难耐的心情，难言的痛苦。煞尾三句，颇饶余韵，写对月怀人情景，颇有"见月而不见人之憾"（《草堂诗余隽》卷二）。古代许多诗人也写对月怀人，往往以美好的祝愿，带给读者怡悦欣慰之情。少游则不然，他赋予皓月以人的感情，说他当初曾多情地照着男女双方，如今虽仍像从前一样当空高照，但只照着男子的孑然一身。凄然之感，溢于言外。清人冯煦称他为"古之伤心人也"，确有见地。

（徐培均）

八六子

倚危亭，恨如芳草，萋萋刬尽还生。念柳外青骢别后，水边红袂分时，怆然暗惊。　　无端天与娉婷，夜月一帘幽梦，春风十里柔情。怎奈向、欢娱渐随流水，素弦声断，翠绡香减，那堪片片飞花弄晚，蒙蒙残雨笼晴。正销凝，黄鹂又啼数声。

这是一首怀人之词，怀念他曾经相爱过的一个歌女。怀念情侣本是

唐、五代、两宋词中常见的题材，但是由于作者的才情、际遇不同，虽是同样题材的怀人之词，还是出现了许多殊光异彩耐人吟诵之作。秦观这首词就是很有特色的。此词发端三句即很精彩。作者与所怀念之人相别已久矣，独倚危亭，忽睹芳草，因芳草之划尽还生而联想到离情之缠绵郁结，难以屏除，只用一“恨”字作联系，设想与用笔均极为含蕴空灵，故周济誉为“神来之笔”(《宋四家词选》)。下边两句用“念”字领起追忆。“柳外青骢”“水边红袂”，分写自己与对方离别时的情况。柳外、水边是幽雅的环境，青骢、红袂是鲜明的形象，当日情景，宛然再现，这是虚景实写。“怆然暗惊”一句，突然落到今日的现实，追忆的梦幻霎时惊醒，遂有无限凄楚之感，也含有离别已久之恨。

下片“无端”三句，再进一步追忆当时欢聚之乐。“无端”是不知何故之意，言老天好没来由，赐予她一份娉婷之姿，致使我为之神魂颠倒。“夜月”二句叙写欢聚情况，借用杜牧诗句以含蓄出之。(杜牧《赠别》诗:“娉娉袅袅十三馀，豆蔻梢头二月初。春风十里扬州路，卷上珠帘总不如。”)如果直说，就浅露寡味了。(秦观《满庭芳》词:“销魂。当此际，香囊暗解，罗带轻分”，就显得浅露。)“怎奈向”三句(“怎奈向”义同“奈何”)叹惋好景不长，倏又离散。“素弦声断，翠绡香减”，仍是用形象写别离，有幽美凄清之致。“那堪”二句，忽又写当前景物，以景融情。“片片飞花弄晚，蒙蒙残雨笼晴”，是凄迷之景，在怀人的深切愁闷中，观此景更增惆怅，故用“那堪”二字领起。结尾“正销凝，黄鹂又啼数声”，又是融情入景，有悠然不尽之意。洪迈《容斋四笔》卷十三云:“秦少游《八六子》词云:‘片片飞花弄晚，蒙蒙残雨笼晴。正销凝，黄鹂又啼数声。’语句清峭，为名流推激。予家旧有建本《兰畹曲集》，载杜牧之一词，但记其末句云:‘正销魂，梧桐又移翠阴。’秦公盖效之，似差不及也。”洪迈指出秦观词此二句是从杜牧词中脱化出来是对的，但是他认为秦词不及杜词，论断并不公允。

【原文】

秦观这首《八六子》词，若论艺术是很精美的。他写离情并不直说，而是融情于景，以景衬情，也就是说，把景物融化入感情之中，使景物更鲜明而具有生命力，把感情附托在景物之上，使感情更为含蓄深邃。张炎评秦观《八六子》词云："离情当如此作，全在情景交炼，得言外意。"(《词源》卷下)"情景交炼"四字，很能说出此词的艺术特点。词中无论是叙写当前或追忆过去，都是用鲜明幽美的意象，如"危亭""芳草""柳外青骢""水边红袂""夜月一帘""春风十里""素弦声断""翠绡香减""飞花弄晚""残雨笼晴""黄鹂又啼数声"等等，而"青骢""红袂""素弦""翠绡""黄鹂"等，都是用颜色的字面，更增加彩色之美，使人仿佛看到一幅一幅的画图，在幽美的景象中饱含凄楚之情。从章法来说，忽尔写当前，忽尔写过去，交插错综，颇似近来电影中所用的艺术手法。从用笔来说，极为轻灵，空际盘旋，不着重笔。从声律来说，《八六子》这个词调，音节舒缓，回旋宕折，适宜于表达凄楚幽咽之情，读起来觉得如听溪水从山岩中曲折流出的琤琮之音。秦观这首词还有一个特点，就是洗练得非常精纯，这也是秦观所擅长的。张炎早就指出这一点，他说："秦少游词，体制淡雅，气骨不衰，清丽中不断意脉，咀嚼无滓，久而知味。"(《词源》卷下)《八六子》这首词，如果反复吟讽，确实使人感到是通体精纯，"咀嚼无滓，久而知味"。

(缪　钺)

鼓笛慢

乱花丛里曾携手[①]，穷艳景[②]，迷欢赏。到如今谁把，雕鞍锁定，阻游人来往？好梦随春远，从前事、不堪思想。念香闺正杳，佳欢未偶，难留恋，空惆怅。　永夜婵娟未满[③]，叹玉楼[④]、几时重上？那堪万里，却寻归路，指阳关孤唱[⑤]。苦恨东流水，桃源路[⑥]、欲回双桨。仗何人细与，丁宁问呵，我如今怎向[⑦]？

〔注〕 ① 乱花：繁花。 ② 穷：穷尽。 ③ 婵娟：指月亮。 ④ 玉楼：女子所居之楼的美称。 ⑤ 唱：歌曲。此指《阳关曲》。唐代王维作《送元二使安西》诗，后来被谱成歌曲，称《阳关曲》，送别时弹奏或演唱。 ⑥ 桃源：桃花源，典出东晋陶渊明《桃花源记》。 ⑦ 怎向：怎奈，奈何。

秦观考取进士后，仕途一直不顺。当时朝臣分为新旧两党，势若水火，互相争斗。绍圣元年(1094)，哲宗亲政，新党重新得势，旧党遭打压。属于旧党的苏轼被贬。秦观因投在苏轼门下，也遭牵连，出为杭州通判，后被贬到处州(今浙江丽水)。绍圣三年(1096)再贬郴州(今湖南郴州)，在那里住了一年，又奉诏编管横州(今广西横县)。这首词应为绍圣四年(1097)冬词人离开郴州前所作。

本词抒写词人对远在江南的心上人的怀恋之情。上片前三句是回忆：仲春时节，江南繁花似锦。词人与心上人手携手在花丛里穿来穿去，把最艳丽最美好的景致都看完，每天都沉醉在欢乐之中。接下来笔锋一转，回到现实中。“到如今”三句设问奇妙。明明是自己被贬远方，身不由己，却嗔怪他人将马鞍锁了起来，不让游人(包含自己和心上人)重游，非痴情人写不出。“好梦”句转入抒情。从前的快乐时光仿佛一场美梦，随着春天而远去，简直不堪回首。想到心上人独守香闺，欢情为寂寞所取代，心中充满惆怅。

下片深入一层，写自己的浓浓思念。“永夜”句是埋怨月亮一整夜都没有圆满。月亮自然不可能在一个晚上变圆满。此句看似无理，却一语双关，饱含深情。此处月亮的不圆满既寓意自己的愿望无法实现，也有急切

【原文】

盼望月圆以实现回归之梦的意思。后面一句就将愿望明白地说了出来：何时才能登上心上人的楼阁啊？然而远在万里，原本想寻觅归路，却又要唱《阳关曲》，暗示作者又将离别，前往更远的地方。按《阳关曲》本是前来送行的人所唱，此时作者身在异地，也没有好朋友来送别，于是只能“孤唱”，即自己给自己唱，更加凄凉。至此，作者的情绪变得愈发不堪收拾，然而终究怨而不怒，他将怨恨放在了“东流水”上。江南在东方，也是水流的方向。流水只管自己东流，却不将他带往江南，故而他心生怨恨，亦可见作者情感之细腻婉约。在词人心目中，家乡就是桃源；美好的桃源，总是去时容易返回难。“欲回双桨”显然是不可能的了。末三句情感达到高潮。万般无奈之下，词人叹息：“我无法回去，靠谁去对心上人细语叮咛，嘘寒问暖，呵护关心啊？让我现在怎么办啊！”积压在词人心中的深切相思之情最后不可遏制，喷涌而出，催人泪下！

此词语言平实，不以技巧取胜，而深情款款，自然流露，辞情相称，韵味悠长。

（袁啸波）

满庭芳

山抹微云，天连衰草，画角声断谯门。暂停征棹，聊共引离尊。多少蓬莱旧事，空回首，烟霭纷纷。斜阳外，寒鸦万点，流水绕孤村。　　销魂。当此际，香囊暗解，罗带轻分。谩赢得青楼，薄幸名存。此去何时见也，襟袖上，空惹啼痕。伤情处，高城望断，灯火已黄昏。

有不少词调,开头两句八个字,便是一副工致美妙的对联。宋代名家,大抵皆向此等处见工夫,逞文采。诸如"做冷欺花,将烟困柳","叠鼓夜寒,垂灯春浅"……一时也举他不尽。这好比名角出台,绣帘揭处,一个亮相,丰采精神,能把全场"笼罩"住。试看那"欺"字"困"字,"叠"字"垂"字……词人的慧性灵心、情肠意匠,早已颖秀葩呈,动人心目。

然而,要论个中高手,我意终推秦郎。比如他的"碧水惊秋,黄云凝暮",何等神笔!至于这首《满庭芳》的起拍开端"山抹微云,天连衰草",更是雅俗共赏,只此一个出场,便博得满堂碰头彩,掌声雷动——真好看煞人!

这两句端的好在何处?

大家先就看上了那"抹"字。好一个"山抹微云"!"抹"得奇,新鲜,别有意趣!

"抹"又为何便如此新奇别致,博得喝彩呢?

须看他字用得妙,有人说是文也而通画理。

抹者何也?就是用别一个颜色,掩去了原来的底色之谓。所以,唐德宗在贞元时阅考卷,遇有词理不通的,他便"浓笔抹之至尾"(煞是痛快)!至于古代女流,则时时要"涂脂抹粉",罗虬写的"一抹浓红傍脸斜",老杜说的"晓妆随手抹",都是佳例,其实亦即用脂红别色以掩素面本容之义。

如此说来,秦郎所指,原即山掩微云,应无误会。

但是如果他写下的真是"山掩微云"四个大字,那就风流顿减,而意致无多了。学词者宜向此处细心体味。同是这位词人,他在一首诗中却说:"林梢一抹青如画,知是淮流转处山。"同样成为名句。看来,他确实是有意地运用绘画的笔法而将它写入了诗词,人说他"通画理",可增一层印证。他善用"抹"字,一写林外之山痕,一写山间之云迹,手法俱是诗中之画,画中之诗，其致一也。只单看此词开头四个字，宛然一幅“横云断岭”图。

出句如彼，且看他对句用何字相敌？他道是：“天连衰草。”

于此，便有人嫌这“连”字太平易了，觉得还要“特殊”一点才好。想来想去，想出一个“黏”字来。想起“黏”字来的人，起码是南宋人了，他自以为这样才“炼字”警策。大家见他如此写天际四垂，远与地平相“接”，好像“黏合”了一样，用心选辞，都不同常俗，果然也是值得击节赞赏！

我却不敢苟同这个对字法。

何以不取“黏”字呢？盖少游时当北宋，那期间，词的风格还是大方家数一派路子，尚无十分刁钻古怪的炼字法。再者，上文已然着重说明：秦郎所以选用“抹”并且用得好，全在用画入词，看似精巧，实亦信手拈来，自然成趣。他断不肯为了“敌”那个“抹”字，苦思焦虑，最后认上一个“黏”，以为“独得之秘”——那就是自从南宋才有的词风，时代特征是不能错乱的。“黏”字之病在于：太雕琢，——也就显得太穿凿；太用力，——也就显得太吃力。艺术是不以此等为最高境界的。况且，“黏”也与我们的民族画理不相贴切，我们的诗人赋手，可以写出“野旷天低”，“水天相接”。这自然也符合西洋透视学；但他们还不致也不肯用一个天和地像是黏合在一起这样的“修辞格”，因为画里没有这样的概念。这其间的分际，是需要仔细审辨体会的：大抵在选字功夫上，北宋词人宁肯失之“出”，而南宋词人则有意失之“入”。后者的末流，就陷入尖新、小巧一路，专门在一二字眼上做扭捏的功夫；如果以这种眼光去认看秦郎，那就南其辕而北其辙了。

以上是从艺术角度上讲根本道理。注释家似乎也无人指出：少游此处是暗用寇準的“倚楼无语欲销魂，长空黯淡连芳草”的那个“连”字。岂能乱改他字乎？

说了半日，难道这个精彩的出场，好就好在一个“抹”字上吗？少游在这个字上享了盛名，那自是当然而且已然，看他的令婿在宴席前遭了冷眼时,便“遽起,叉手而对曰:‘某乃山抹微云女婿也!’”可见其脍炙之一斑。然而,这一联八字的好处,却不会“死”在这一两个字眼上。要体会这一首词通体的情景和气氛,上来的这八个字已然起了一个笼罩全局的作用。

山抹微云,非写其高,写其远也。它与“天连衰草”,同是极目天涯的意思——这其实才是为了惜别伤怀的主旨,而摄其神理。懂了此理,也不妨直截地说极目天涯就是主旨。

然而,又须看他一个山被云遮,便勾勒出一片暮霭苍茫的境界;一个衰草连天,便点明了暮冬景色惨淡的气象:整个情怀,皆由此八个字里而透发,而“弥漫”。学词者于此不知着眼,翻向一二小字上去玩弄,或把少游说成是一个只解“写景”和“炼字”的浅人,岂不是见小而失大乎。

八字既明,下面全可迎刃而解了:“画角”一句,加倍点明时间。盖古代傍晚,城楼吹角,所以报时,正如姜白石所谓“正黄昏,清角吹寒,都在空城”,正写那个时间。“暂停”两句,才点出赋别、饯送之本事。——词笔至此,能事略尽,——于是无往不收,为文必转,便有回首前尘、低回往事的三句,稍稍控提,微微唱叹。妙在“烟霭纷纷”四字,虚实双关,前后相顾。——何以言虚实?言前后?试看纷纷之烟霭,直承“微云”,脉络晓然,乃实有之物色也,而昨日前欢,此时却忆,则也正如烟云暮霭,分明如在,而又迷茫怅惘,全费追寻了。此则虚也。双关之趣,笔墨之灵,允称一绝。

词笔至此,已臻妙境,而加一推宕,含情欲见,而无用多申,只将极目天涯的情怀,放在眼前景色之间,——就又引出了那三句使千古读者叹为绝唱的“斜阳外,寒鸦万点,流水绕孤村”。又全似画境,又觉画境亦所难到。叹为高手名笔,岂虚誉哉。

词人为何要在上片歇拍之处着此“画”笔?有人以为与正文全“不相干”。真的吗?其实“相干”得很。莫把它看作败笔泛墨,凑句闲文。读过元人马致远的名曲《天净沙》:“枯藤老树昏鸦;小桥流水人家;古道西风瘦马,——夕阳西下:断肠人在天涯”,人人称赏击节,果然名不虚传。但是,不一定都悟到马君暗从秦郎脱化而来。少游写此,全在神理,泯其语言:盖谓,天色既暮,归禽思宿,人岂不然?流水孤村,人家是处,歌哭于斯,亦乐生也。而自家一身微官濩落,去国离群,又成游子,临歧城郊帐饮,哪不执手哽咽乎?

我很小时候,初知读词,便被它迷上了!着迷的重要一处,就是这归鸦万点,流水孤村,真是说不出的美!调美,音美,境美,笔美。神驰情往,如入画中。后来才明白,词人此际心情十分痛苦,他不是死死刻画这一痛苦的心情,却将它写成了一种极美的境界,令人称奇叫绝。这大约就是我国大诗人大词人的灵心慧性、绝艳惊才的道理了吧?

我常说:少游这首《满庭芳》,只须着重讲解赏析它的上半阕,后半无须婆婆妈妈,逐句饶舌,那样转为乏味。万事不必“平均对待”,艺术更是如此,倘昧此理,又岂止笨伯之讥而已。如今只有两点该当一说:

一是青楼薄幸。尽人皆知,此是用“杜郎俊赏”的典故:杜牧之,官满十年,弃而自便,一身轻净,亦万分感慨,不屑正笔稍涉宦场一字,只借“闲情”写下了那篇有名的“十年一觉扬州梦,赢得青楼薄幸名”,其词意怨甚,愤甚,亦谑甚矣!而后人不解,竟以小杜为“冶游子”。人之识度,不亦远乎。少游之感慨,又过乎牧之之感慨。少游有一首《梦扬州》,其中正也说是“离情正乱,频梦扬州”,是追忆“殢酒为花,十载因谁淹留?”忘却此义,讲讲“写景”“炼字”以为即是懂了少游词,所失不亦多乎哉。

二是结尾。好一个“高城望断”。“望断”二字是我从一开头就讲了的那个道理,词的上片整个没有离开这两个字。到煞拍处,总收一笔,轻轻点破,颊上三毫,倍添神采。而灯火黄昏,正由山有微云——到“纷纷烟霭”(渐重渐晚)——到满城灯火,一步一步,层次递进,井然不紊,而惜别停杯,流连难舍,维舟不发……也就尽在“不写而写”之中了。

作词不离情景二字，境超而情至，笔高而韵美，涵咏不尽，令人往复低回，方是佳篇。雕绘满眼，意纤笔薄，乍见动目，再寻索然。少游所以为高，盖如此才真是词人之词，而非文人之词、学人之词……所谓当行本色，即此是矣。

有人也曾指出，秦淮海，古之伤心人也。其语良是。他的词，读去乍觉和婉，细按方知情伤，令人有凄然不欢之感。此词结处，点明“伤情处”，又不啻是他一部词集的总括。我在初中时，音乐课教唱一首词，使我十几岁的少小心灵为之动魂摇魄，——

西城杨柳弄春柔，动离忧，泪难收。犹记多情，曾为系归舟。碧野朱桥当日事，——人不见，水空流！……

每一吟诵，追忆歌声，辄不胜情，“声音之道，感人深矣”，古人的话，是有体会的。然而今日想来，令秦郎如此长怀不忘、字字伤情的，其即《满庭芳》所咏之人之事乎？

（周汝昌）

满庭芳

红蓼花繁，黄芦叶乱，夜深玉露初零。霁天空阔，云淡楚江清。独棹孤篷小艇，悠悠过、烟渚沙汀。金钩细，丝纶慢卷，牵动一潭星。　　时时横短笛，清风皓月，相与忘形。任人笑生涯，泛梗飘萍。饮罢不妨醉卧，尘劳事、有耳谁听？江风静，日高未起，枕上酒微醒。

【鉴赏】

词的上阕可以说是一幅清江月夜独钓图。

蓼花红艳繁簇，芦叶哀黄零乱，夜深了，白露刚刚降下来。作者选取了三种最能表现秋江夜色的典型景物，透过设色的明与暗，造境的野而幽，烘托出江边的凄清气氛。这是写地上所见。

接着再对秋夜江天作大笔的渲染——

“霁天空阔，云淡楚江清。”秋高云淡，水天一色，境界阔大，虽有败芦残苇杂处其间（这正所以成其为秋景），却并不怎样令人感慨兴悲。开头五句全是写景，似乎完全不夹杂人的感情，但“一切景语皆情语”，秦观所作的这种景语，与他所要抒发的感情水乳交融，从而收到借景抒情的艺术效果。

下面转入情事的抒写。首先是：“独棹孤篷小艇，悠悠过、烟渚沙汀。”小艇、孤篷，又是独棹——船上只有自己一个人。这样景况应该说够寂寞了吧。可是这位独棹孤舟的人，却是优哉悠哉地驶过烟雾迷离的沙岸小洲。这里词人透过表达特定情境的“独”“孤”“小”和“悠悠”等字，把一件本是江中荡舟的极平常事，不仅写得摇曳生姿，而且充分表达出此刻“这一个”人的生活情趣。

不知什么时候，他的“孤篷小艇”停了下来，接着是“金钩细，丝纶慢卷，牵动一潭星”。他垂钓江中，悬着细钩的丝线，慢慢的从水中拉起，倒映水中的星星，似乎也被牵动起来了。“慢卷”，表明垂钓时的闲裕，与“悠悠过”绾合。而收卷钓丝后泛起水面涟漪，向外扩展，使一派水面上倒映的星光动荡不已，如果不是细致观察、体验，便不会写得这样美妙。秦观在《临江仙》词里也有“微波澄不动，冷浸一天星”之句，写的是夜泊潇湘浦口，月高风定，秋水澄蓝，水不动，星亦不动，如浸水中，一片静景，与此词的丝纶垂钓，“牵动一潭星”的以动写静，各擅其妙，可谓善写水中星影者。上阕有景物有情事，景物和情事的搭配，表现出泛江垂钓者的悠然自得情趣。苏轼称赞王维的诗,说他“诗中有画”。就这首作品来看,也可以说“词中有画”了。

换头三句是上阕结尾三句情事的继续,只不过不再是垂钓,而是吹笛了。“时时横短笛”,看来今天夜晚,当小船悠悠地在水面漂动时,当“丝纶慢卷”后,他曾不止一次地吹过短笛。在寂寞秋江之上,当他吹笛发出悠扬之声的时候,他觉得陪伴着自己的有“清风皓月”,“相与忘形”——彼此都脱略形迹,忘却你我的区别,物我一体。这几句,写出了词人此刻的怡然自得,更写出了他的恬淡情怀,或者还微微夹杂一些儿感慨吧,所以逼出来下面似达观似郁结的一句:“任人笑生涯,泛梗飘萍。”秦观早年一度漫游,过的是“泛梗飘萍”的生涯。不过词人说“任人笑”,而自己并不在乎;不仅不在乎,还要“饮罢”而“醉卧”,因为“尘劳事有耳谁听”——对于世间烦恼扰心的种种不如意事,有耳朵也不会去听了。

最后三句,在“饮罢”“醉卧”之后,一枕沉酣,直到天明。秋江风静,水波不兴,忘掉尘世间一切烦恼的人,尽管太阳高高升起,他还躺在枕上,而酒不过刚刚醒来罢了。

整首词景色如画,虽有“红蓼花繁”,但全幅画面淡素雅洁,清丽恬静。作者写来情景融和,直抒胸臆,表现出他对“泛梗飘萍”生涯很自得,看似淡然、坦然,实际上郁积着不平和愤懑的心情。透过表象,结合秦观的为人,看他的“任人笑”的话语,显然是“弦外有音”——而这,与他的写景、抒情又融合为一,含蓄不露,从而造就成一件“咀嚼无滓,久而知味”(张炎《词源》)的精美艺术品。

(艾治平)

【原文】

满庭芳

碧水惊秋，黄云凝暮，败叶零乱空阶。洞房人静，斜月照徘徊。又是重阳近也，几处处、砧杵声催。西窗下，风摇翠竹，疑是故人来。　　伤怀！增怅望，新欢易失，往事难猜。问篱边黄菊，知为谁开？谩道愁须殢酒，酒未醒、愁已先回。凭栏久，金波渐转，白露点苍苔。

这是一首写伤离怀旧的词，从词中的"新欢易失，往事难猜"两句来看，应当是遭贬谪以后的作品。

秦少游的词，以"情韵兼胜"而被人们广泛传诵，历久不衰。他的"情韵兼胜"的艺术风格是在景物的描写中来展现的。人，都是在特定的自然环境中活动的，四季景物的变化，不能不对人们的感情有所触动，正如《文心雕龙・物色》所说："物色之动，心亦摇焉。"而由于每个人的社会地位、遭遇、情绪以及审美趣味的不同，他们心目中的自然景物，也无不具有自己的感情色彩。借景写情，是诗词里，特别是词里最常用的艺术手法。前人对这个问题有很多论述。况周颐说："盖写景与言情，非二事也。善言情者，但写景而情在其中。"（《蕙风词话》卷二）王国维甚至说："世人论诗词，有景语、情语之别，不知一切景语皆情语也。"（《人间词话删稿》）在词里被人们广泛传诵的警句、秀句，大多是景语，可以证实他们的论断的正确性。善于融情入景，既显豁，又含蓄，可以说是秦少游在词的艺术上的一项重要成就，在这首词里，可以很清楚地看出他的抒情的艺术手段。

【鉴赏】

这首词的意境乃从宋玉的《九辩》化出。开头三句:“碧水惊秋,黄云凝暮,败叶零乱空阶。”地上,一片碧水放出了冷光,感到“薄寒中人”,不觉惊叹时序变迁之速;天上,几片黄云在逐渐凝聚,掩没了微弱的阳光,大地呈现出苍茫的暮色,台阶上堆积着零乱的黄叶。浓重的衰飒气氛,烘托出词人此时此地的心境。这三句和他另一首《满庭芳》的起首三句“山抹微云,天连衰草,画角声断谯门”,同样是写秋天的黄昏景色,但两者相比,前者显得更加衰飒。“惊”“凝”二字集中地表现出词人对一片萧瑟景象的主观感受,加重了所写景物的感情色彩,反映出他的凄苦心情。“黄云”一句,语本于李义山诗“秋风动地黄云暮”,而着一“凝”字,就比原句显得沉着有力。“洞房人静,斜月照徘徊。”“人静”,而词人不静,他心思潮涌,在斜月照耀之下,徘徊不定,陷入了沉思之中。“又是重阳近也,几处处、砧杵声催。”这几句不是泛泛地点明时序,而蕴蓄着很深的感慨。九月,正是“授衣”的时候。老杜诗说:“寒衣处处催刀尺,白帝城高急暮砧。”(《秋兴》八首之一)这是老杜在夔州秋天日暮听的砧杵声时的感受。漂泊异乡,到此时,很自然地会起故园之思,而对于接连遭受政治排斥的词人来说,当这种声音清晰地传入他的耳鼓时,他的感受如何呢?细玩“又是”二字和“催”字,反复吟味,不难体会出这几句话里渗透着无限的悲凉情绪:时光在一年一年地消失,而苦恨何时能休!“又是重阳近也”和另一首《满庭芳》中的“此去何时见也”是同一句法,而前边一句尤极委婉之致。“西窗下,风摇翠竹,疑是故人来。”在写景中透露出怀人的情思,是全词的主旨所在。这几句是从唐人李益诗句“开门风动竹,疑是故人来”化出,易“动”为“摇”,写出了竹影扶疏的风神,同时也反映出对故人的情意。

换头“伤怀!增怅望,新欢易失,往事难猜”几句紧承上片结句,婉转地表达出在遭贬谪以后的生活历程和伤离怀旧的情绪。宋哲宗绍圣初年,章惇等人执政,把所有和司马光、苏轼有点关系的人,甚至毫无牵连而为他们

【鉴赏】

所忌恨的人物，一概目为“元祐党人”，加以贬斥。险恶的政治风浪，冲散了词人的友好亲朋，这中间是没有什么是非曲直可言的。人情反复，世态炎凉，在贬谪中不会有什么新欢，即使有，也会很快失去；生平故旧，或存或亡，即使存者，也天各一方，对于往事还能想些什么呢？只有怅惘而已。“新欢易失，往事难猜”两语浓缩了词人的千愁万恨，低回欲绝，但也只说到这里为止，再发泄，就不成为他的婉约词风。宋玉《九辩》中说：“憯凄增欷兮，薄寒之中人；怆怳圹悢兮，去故而就新。坎壈兮，贫士失职而志不平；廓落兮，羁旅而无友生；惆怅兮，而私自怜！”可以作为词人此时心境的写照。菊花，是秋天的花，它的盛开，表明了时序已到了深秋。“问篱边黄菊，知为谁开？”忽然向花发问，而且问得很奇，花还有专为某人开的吗？原来这是有来历的，唐人《惜花》诗说：“春光冉冉归何处？更向尊前把一杯。尽日问花花不语，为谁零落为谁开？”大概是最早的开了问花之风。秦少游的师尊苏东坡，在《吉祥寺花将落而述古不至》一诗里说：“今岁东风巧剪裁，含情只待使君来。对花无信花应恨，直恐明年便不开。”足见花是有感情的，它可以专为某人而开。他又在《述古闻之明日即至坐上复用前韵同赋》诗里说：“太守问花花有语，为君零落为君开。”不仅问了花，而且花还作了回答，这都是多情的诗人所赋予的花的感情，所虚构的花的形象，已成了往事。秦少游这几句有可能是从东坡那里学来的，也有可能是直接从唐人的诗句化出。把问春花改为问秋菊，不止是为了表明时令，和下边几句联系起来看，它还有更深刻的意义。“谩道愁须殢酒，酒未醒、愁已先回。”这几句和上边两句初看似乎没有什么联系，实际上是紧密相连。唐人原诗里有“更向尊前把一杯”的话，春花前可以把酒，陶渊明喜欢吃酒，喜欢菊花，是尽人皆知的，“东篱把酒”似乎来头更大一些，也更自然一些。但在这里，从词人的发问语气里可以判断出他已无心赏花；为什么呢？因为无心把盏；为什么呢？因为即使吃醉了酒，也解不了愁；为什么呢？因为“酒未醒，愁已先回"。就这样,把黄花与酒以及解愁与否联系起来,感情跌宕,喷涌而出,步步进逼,最后说出一句最深挚、最动情的话:酒敌不过愁。这是一句久经苦难的词人的肺腑之言,中间蕴蓄着词人的无限辛酸。比起他的"便做春江都是泪,流不尽,许多愁"(《江城子》)来,更为凄婉动人。这样的回肠荡气的词境,在婉约词人中很少能够达到。歇拍三句"凭栏久,金波渐转,白露点苍苔",以景语作结。词情摇曳,回旋不尽,产生出很强的艺术感染力。

这首词从景语开始,以景语结束,在层层铺叙、描写中渗透着强烈的感情,但又委婉深至,不显得发露,构成了"情韵兼胜"的风格。他的最著名的作品,如《满庭芳》(山抹微云、晓色云开)、《江城子》(西城杨柳弄轻柔)、《踏莎行》(雾失楼台)、《千秋岁》(水边沙外)等,都是这种写法,都是景中透情,气脉贯串,显示出他的婉约词风。宋末著名词人张炎说:"秦少游词,体制淡雅,气骨不衰,清丽中不断意脉,咀嚼无滓,久而知味。"(《词源》卷下)所指的就是这一类作品。

(李廷先)

江城子

西城杨柳弄春柔,动离忧,泪难收。犹记多情曾为系归舟。碧野朱桥当日事,人不见,水空流。　　韶华不为少年留。恨悠悠,几时休?飞絮落花时候一登楼。便做春江都是泪,流不尽,许多愁。

这是一首暮春怀人之作。上片是由杨柳勾起的回忆,下片是抒情中所

【鉴赏】

作的比兴修辞，均自然而具特色。

杨柳在词中扮演了一个重要角色，首句便是“西城杨柳弄春柔”。这柳色，通常能使人联想到青春及青春易逝，又可以使人感春伤别。“弄春柔”的“柔”字，便有百种柔情，“弄”字则有故故撩拨之意。赋予无情景物以有情，寓拟人之法于无意中。（试比较张先“云破月来花弄影”的名句。）“杨柳弄春柔”的结果，便是惹得人“动离忧，泪难收”。这“泪”字，是词中又一个关键字，说详后。以下写因柳而有所感忆：“犹记多情曾为系归舟。碧野朱桥当日事，人不见，水空流。”这里已给读者足够的暗示，这杨柳不是任何别的地方的杨柳，而是靠近水驿的长亭之柳，所以当年曾系归舟，曾有离别情事在这地方发生。那时候，一对情侣或挚友，就踏过红色的板桥，眺望春草萋萋的原野，在这儿话别。一切都记忆犹新，可是眼前呢，风景不殊，人儿已天各一方了。“水空流”三字表达的惆怅是深长的。在写“泪”之后写到“水”，似不经意，其实已为下片煞拍的设喻作了伏笔，这正是词中机杼所在。

好景不长，凡人都有这类感慨。过片却特别强调“韶华不为少年留”，那是因为少年既是风华正茂，又特别善感的缘故，所谓既得之，患失之。“恨悠悠，几时休？”两句无形中又与前文的“泪难收”“水空留”唱和了一次，这样，一个巧妙的比喻已水到渠成。只需要一个适当的诱因，于是便有“飞絮落花时节一登楼”的描写。“一登楼”，可见不常登楼。而不登则已，“一登”就在这杨花似雪的暮春时候，真正是感如之何？感如之何？这就逼出最后的妙喻：“便做春江都是泪，流不尽，许多愁。”它妙就妙在一下子将从篇首开始逐渐写出的泪流、水流、恨流挽合做一江春水，滔滔不尽地向东奔去，使读者沉浸在感情的洪流中。这比喻不是突如其来的，而是逐渐汇合的，说它水到渠成，也就是说它自然而具特色。

至此，读者便会感到这比喻又显然受到李后主“问君能有几多愁，恰似一江春水向东流”名句的影响，甚至可以说是从此翻新的。那么它新在何处呢？细味后主之句作问答语，感情是哀痛而澎湃汹涌的；少游之句改作假设语（“便做……”），语气就微婉得多，表达的感情则较缠绵伤感。前者之美是“阳刚”的，后者却稍近“阴柔”；都是为具体的情感内容所制约，故各得其宜。

（周啸天）

江城子

南来飞燕北归鸿，偶相逢，惨愁容。绿鬓朱颜，重见两衰翁。别后悠悠君莫问，无限事，不言中。　　小槽春酒滴珠红，莫匆匆，满金钟。饮散落花流水各西东。后会不知何处是，烟浪远，暮云重。

此词之作，大约在宋哲宗元符三年（1100）庚辰。是年正月，哲宗驾崩，徽宗即位，五月，下诏大赦天下，在哲宗朝就已经被远贬海南的苏轼因此得以调廉州安置。六月二十五日，苏轼过雷州，与早前被贬于此的少游相会，少游遂写下此词。（据徐培均校注《淮海居士长短句》）

南来飞燕北归鸿，飞燕者，少游自指。绍圣三年（1096），少游受两浙运使胡宗哲的陷害，以“不职”之罪，被免去监处州酒税之职，徙郴州编管。次年春，复徙横州。元符元年（1098）九月，又徙雷州编管。三年之中，转徙三地，每徙而愈南，故有此比。（参《秦观资料汇编》）北归鸿，指苏轼，因苏轼

【鉴赏】

刚刚遇赦北还，故有此说。虽然字面上一是“南来”，一是“北归”，但实际上，“南来”和“北归”并无多大的区别，都是一样的漂泊而已。正因二人均是漂泊难定、身不由己，故下文紧接着下一“偶”字。茫茫人海，北去南飞，生是无凭，死是无凭，相逢倒真的成了一种偶然。少游名列苏门四学士之一，其与苏轼之关系，非比寻常。然而这一对亲密的挚友，在相遇之时，似乎并没有感受到多大的欢喜。“惨愁容”，愁颜相对，一层是因为命运的波折、仕途的坎坷；另一层，怕也是因为早已知道这短暂的相聚之后又要离别。“绿鬓朱颜”，意指年少。少游自二十多岁即以诗文得到东坡赏识，此后又多次蒙东坡的举荐和提拔，两人可谓相知甚早。而到此次相会之时，东坡已经六十四岁，少游亦已经五十二岁了。古人平均寿命本不长，有道“人生七十古来稀”，再加上二人均是受尽折磨，心境凄凉，故称二人是“两衰翁”，亦不算是夸张了。

二十多年的交情，二十多年的升沉起伏，按理说，相见之后，正该是滔滔不绝的倾心长谈了，所谓“细雨春灯夜欲分，白头闲坐话艰辛”（汪中《别母》），纵然时空境况未必全似，但倾吐之后，至少总可以换得一个稍微轻松一点的心情。但出人意料的是，两位诗人却并没有说起太多的往事。“别后悠悠君莫问，无限事，不言中。”“悠悠”，代表着时间很长，二字正与“无限”相对。正因遭遇事情太多，故一时不知从何说起，而即使说了，亦无法改变既成的事实。“悠悠”，既制造出一种时空和心理上的距离，亦体现出一种生命的无力感。回首往事，不说也罢，所谓“而今识尽愁滋味，欲说还休”（辛弃疾《丑奴儿·书博山道中壁》），这才是一种真正的老迈心境吧！不言之中，蕴藏的是一种同样的沧桑感慨，不言之中，体现的是一种同样的惺惺相惜。既是知己，又何必絮絮叨叨，枉费多词？

“小槽春酒滴珠红，莫匆匆，满金钟。”既然无法改变过去，还不如珍惜眼下吧。而从一般的写作习惯而论，词的转片，亦需要作者稍微调整一下情绪，改变一下抒情的节奏。“小槽”，是制酒器上供酒流出的部件。杯中盛的，则是南方特有的红酒。清沈自南《艺林汇考》卷六：“《韵语阳秋》：酒之种类多矣，有以绿为贵者，白乐天所谓‘倾如竹叶盈尊绿’是也……有以碧为贵者，老杜所谓‘重碧酤新酒’是也，有以红为贵者，李贺所谓‘小槽酒滴珍珠红是也’。今闽广间所酿酒，谓之红酒，其色殆类胭脂。”身处异乡，但还有美酒可供品尝，这亦算是漂泊生活中的一种安慰吧。

然而，欢愉总是短暂的，强作的欢颜，又有谁见过可以长久？“饮散落花流水各西东。后会不知何处是，烟浪远，暮云重。”饮散即要告别，更见出此饮应当珍惜。而身如落花流水，则是再次强调命运的无据，暗和上片的“偶”字相扣。我们还会不会有下一次“偶然的相逢”？一切都未可知。唯一可以肯定的，恐怕是我将来一定会在茫茫的烟波云海之外，给你无尽的悬望吧！“烟浪远，暮云重”，正是遥望而不得见之意也。这样的结尾，可谓其情也深，其味也永。

此词之妙，在于能用寻常之语，造出精美的艺术形式，能用浅近之词，寄托无限的感慨，似是冲口而出，却又含蓄蕴藉。倘若脱离具体的写作背景和写作对象来读此词，说它是一首情词，似乎亦未尝不可。这多少能反映出秦词“专主情致”（李清照《词论》）的创作特色。但一旦回到具体的写作情境之中，明了写作此词之后不久，秦、苏二人便要相继离世，从此词中，便又可以读出一种别样的哀感。传说少游此次与东坡相遇，曾将自作的挽词示坡，东坡阅毕，抚少游肩曰：“某尝忧逝，未尽此理，今复何言！某亦尝自为志墓文，封付从者，不使过子知也。”（据徐培均《淮海集笺注》）二公尚在生时，竟都已为自己写下悼词墓文，二人对于自己前途的悲观和失望，由此可见一斑。少游自作的挽词，犹存于《淮海集》卷四十中，不妨逐录其后半段，其词曰：“奇祸一朝作，飘零至于斯。弱孤未堪事，返骨定何时。修途缭山海，岂免从阇维。荼毒复荼毒，彼苍那得知。岁晚瘴江急，鸟兽鸣声

【原文】

悲。空蒙寒雨零，惨淡阴风吹。殡宫生苍藓，纸钱挂空枝。无人设薄奠，谁与饭黄缁。亦无挽歌者，空有挽歌辞。”读过这段《自作挽词》，再返观本词，不知读者又是怎样的一种心情？

（刘竞飞）

鹊桥仙

纤云弄巧，飞星传恨，银汉迢迢暗渡。金风玉露一相逢，便胜却人间无数。　　柔情似水，佳期如梦，忍顾鹊桥归路。两情若是久长时，又岂在朝朝暮暮。

“七夕”是一个美好而又充满神话色彩的节日。杜牧《七夕》诗云：“天阶夜色凉如水，卧看牵牛织女星。”相传这天夜晚（阴历七月初七）是分居银河两侧的牛郎织女，一年一度相会的日子。织女是织造云锦的巧手，所以，这天夜晚，天空的云彩特别好看。旧时风俗，少女们要于此夜陈设瓜果，朝天礼拜，向织女“乞巧”。这个汉魏以来就流传着的美丽神话，引起了古往今来多少诗人的咏叹。其中能长久地脍炙人口，传诵不衰的绝唱，则要推秦少游这首《鹊桥仙》了。

词一开始即写“卧看牵牛织女星”时初秋夜空美景：“纤云弄巧”，轻柔多姿的云彩，变化出许多优美巧妙的图案，显示出织女的手艺真是精巧无伦啊！可是，这样美好的人儿，却不能与自己心爱的人共同过美好的生活。“飞星传恨”，那些闪亮的星星仿佛都在传递着他们的离愁别恨，正在飞驰长空。这两句写云，写星星，都具有人的情意，那“纤云”着意“弄巧”，似乎为这对爱侣的团聚而高兴；而“飞星”也在为他们传情递意而奔忙，这种写法可谓“化景物为情思”了。

接着写织女渡银河。《古诗十九首》云：“河汉清且浅，相去复几许？盈盈一水间，脉脉不得语。”“盈盈一水间”，近在咫尺，似乎连对方的神情语态都宛然在目。这里，秦观却写道：“银汉迢迢暗渡”，以“迢迢”二字形容银河的辽阔，牛女相距之遥远。这样一改，感情深沉了，突出了相思之苦。迢迢银河水，把两个相爱的人隔开，相见多么不容易！“暗渡”二字既点“七夕”题意，同时紧扣一个“恨”字，他们踽踽宵行，千里迢迢来相会，那深情挚意真像长河秋水源远流长啊！

按说接下来就是写牛女相会的场面了。可是高明的词人不作实写，却宕开笔墨，以富有感情色彩的议论赞叹道：“金风玉露一相逢，便胜却人间无数！”一对久别的情侣在金风玉露之夜，在碧落银河之畔相会了，这是多么美好幸福的时刻，天上一次相逢，就抵得上人间千遍万遍呀！词人热情歌颂了一种理想的圣洁而永恒的爱情。“金风玉露”用李商隐《辛未七夕》诗：“恐是仙家好别离，故教迢递作佳期。由来碧落银河畔，可要金风玉露时。”用以描写七夕相会的时节风光，同时还另有深意，词人把这次珍贵的相会，映衬于金风玉露、冰清玉洁的背景之下，显示出这对爱侣心灵的高尚纯洁。

“相见时难别亦难”，以上写“佳期相会”，下面便是“依依惜别”。“柔情似水”，那两情相会的情意啊，就像悠悠无声的流水，是那样的温柔缠绵。而一夕佳期竟然像梦幻一般倏然而逝，才相见又分离，怎不令人心碎！“柔情似水”，“似水”照应“银汉迢迢”，即景设喻，十分自然。“佳期如梦”，除言相会时间之短，还写出爱侣相会时的复杂心情。平日他俩只有梦中相见，此时真的相会，却又“乍见翻疑梦”了！“忍顾鹊桥归路”，转写分离，刚刚借以相会的鹊桥，转瞬间又成了和爱人分别的归路。不说不忍离去，却说怎

【鉴赏】

忍看鹊桥归路,婉转语意中,含有无限惜别之情,含有无限辛酸眼泪。

作者写这几句词,似乎他的感情已和词中主人公融成一片,进入“不知何者为我,何者为物”的化境了。回顾佳期幽会,疑真疑假,似梦似幻,及至鹊桥言别,恋恋之情,已至于极。词笔至此忽又空际转身,爆发出高亢的音响:“两情若是久长时,又岂在朝朝暮暮!”这掷地作金石声的警句,使全篇为之一振。

“多情自古伤离别”,固然是人之常情,而秦观这两句词却揭示了爱情的真谛:爱情要经得起长久分离的考验,只要能彼此真诚相爱,即使终年天各一方,也比朝夕相伴的庸俗情趣可贵得多。这两句又是感情色彩很浓的议论,它与上片的议论遥相呼应,也与上片同样结构,叙事和议论相间,从而形成全篇联绵起伏的情致。而更可贵的是:词的命意超绝。正如明人沈际飞评曰:“(世人咏)七夕,往往以双星会少离多为恨,而此词独谓情长不在朝暮,化朽腐为神奇!”诚然,这种正确的恋爱观,这种高尚的精神境界,远远超过了古代同类作品,是十分难能可贵的。

就全篇而言,这首写神话故事的词,句句是天上,句句写双星,而又句句写人间,句句写人情,天人合一,成为千古抒情绝唱。其抒情,悲哀中有欢乐,欢乐中有悲哀,悲欢离合,起伏跌宕。词中有写景,有抒情,有议论,虚实兼顾,熔情、景、理于一炉。有趣的是,婉约词家在写作上常以议论为病,而今作为婉约派大师的秦少游,直接在这篇名作中抒发了议论:“金风玉露一相逢,便胜却人间无数”,“两情若是久长时,又岂在朝朝暮暮”。这些自由流畅的句子,近于散文,却更显得婉约蕴藉,余味盎然。这说明议论运用得好,也能赢得极好的艺术效果的。

(高　原)

减字木兰花

天涯旧恨，独自凄凉人不问。欲见回肠，断尽金炉小篆香。　　黛蛾长敛，任是春风吹不展。困倚危楼，过尽飞鸿字字愁。

这首词写一位独处高楼的女子深长的离愁。

起句陡峭，由情直入。“天涯”点明所思远隔，“旧恨”说明分离已久，四字写出空间、时间的悬隔，为“独自凄凉”张本。独居高楼，已是凄凉，而这种孤凄的处境与心情，竟连存问同情的人都没有，就更觉得难堪了。“人”可以理解为泛指，但也不妨包括所思念的远人在内，这与下片结句“过尽飞鸿字字愁”联系起来体味，就可以看得比较清楚。两句于伤离嗟独中含有怨意。

“欲见回肠，断尽金炉小篆香。”篆香，盘香，因其形状回环如篆，故称。两句是说要想了解她内心的痛苦吗？请看金炉中寸寸断尽的篆香！盘香的形状恰如人的回肠百转，这里就近取譬，触物兴感，显得自然浑成，不露痕迹。“断尽”二字着意，突出了女主人公柔肠寸断，一寸相思一寸灰的强烈感情状态。这两句在哀怨伤感中寓有沉痛激愤之情。上片四句，前两句直抒怨情，后两句借物喻情，笔法变化，而感情则怨愤沉痛。

过片从内心转到表情的描写：“黛蛾长敛，任是春风吹不展。”在人们的意念中，和煦的春风给万物带来生机，它能吹开含苞的花朵，展开细眉般的柳叶，似乎也应该吹展人的愁眉，但是这长敛的黛蛾，却是任凭春风吹拂，

【鉴赏】

也不能使它舒展，足见愁恨的深重。这和辛弃疾《鹧鸪天》词“春风不染白髭须”同一机杼，都可谓无理而妙。“任是”二字，着意强调，加强了愁恨的分量。读到这两句，眼前便会浮现在拂面春风中双眉紧锁、脉脉含愁的女主人公形象。

“困倚危楼，过尽飞鸿字字愁。”结拍两句，点醒女主人公独处高楼的处境和引起愁恨的原因。高楼骋望，见怀远情殷，而“困倚”“过尽”，则骋望之久，失望之深自见言外。旧有鸿雁传书之说，仰观飞鸿，自然会想到远人的书信，但“过尽”飞鸿，却盼不到来自天涯的音书。因此，这排列成行的“雁字”，在困倚危楼的闺人眼中，便触目成愁了。两句意蕴与温庭筠《望江南》词“过尽千帆皆不是，斜晖脉脉水悠悠，肠断白蘋洲”相似，而秦观的这两句，主观感情色彩更为浓烈。

张炎说：“秦少游词，体制淡雅，气骨不衰，清丽中不断意脉。”（《词源》卷下）这首词正是清而有骨、意脉贯通的显例。全篇四韵，每韵均为一个四字句、一个七字句，这种形式，相对来说比较呆板，很容易造成各韵之间不相联属的断片结构。这首词却以一个“愁”字贯串全篇。首韵总提虚领，点明“天涯旧恨”，是“愁”的总根；次韵借物喻愁，写内心的痛苦；三韵借外形的描写进一步写愁绪之深重；四韵又从主人公对外物的主观感受写愁，并点明愁的直接原因，以“过尽飞鸿”不见音书，回应篇首的“独自凄凉人不问”，首尾相应，一意贯串。全词基调虽偏于感伤，但并不显得柔靡纤弱，字里行间，流露出一种深沉的怨愤激楚之情，特别是每韵七字句的头两个字（独自、断尽、任是、过尽），都用重笔着意强调，显出感情的强度力度，加上词采的清丽，读来便明显感到它的清而有骨了。

（刘学锴）

木兰花

秋容老尽芙蓉院[①]，草上霜花匀似翦[②]。西楼促坐[③]酒杯深，风压绣帘香不卷。 玉纤慵整银筝雁[④]，红袖时笼金鸭[⑤]暖。岁华[⑥]一任委西风，独有春红[⑦]留醉脸。

〔注〕 ①“秋容”句：长满芙蓉的庭院中秋光将尽。秋容：秋色，秋光。芙蓉：此指木芙蓉，又名拒霜花。秋季开花，原产中国湖南。 ②“草上”句：草上的霜花均匀得如同裁剪。匀：均匀。翦：同“剪”。 ③促坐：迫近而坐。 ④筝雁：筝上的弦柱斜列如雁行，故称筝雁。 ⑤金鸭：鸭形的香炉。 ⑥岁华：时光，年华。 ⑦春红：酒红。春：唐宋时常指酒，如烧春、剑南春。

据宋洪迈《夷坚志》补卷第二《义倡传》记载，长沙有一歌妓酷爱秦观歌词，每得到秦观写的词就爱不释手，抄写吟唱不辍。秦观南迁至长沙，二人相见，女子惊喜非常，愿托终身。因为秦观在贬中，无法相随，女子约定闭门谢客，等秦观北还再聚。一别数年，秦观死于藤州。灵柩将至长沙前一日，女子梦见秦观与她作别，知其已死，亲到灵前拜祭，因过于悲痛而“一恸而绝”。清赵翼《陔余丛考》卷四十一记载这个故事的结尾是女子“归而自缢”。妓女爱才，不仅甘心为才子守身如玉，更不惜以死相殉，这种“义倡”故事显然符合古代文人的某种趣味。故事真假不论，但这首词确实是酬妓词，细观词意，也应是作于南迁途中。

秦观被贬是在绍圣年间，新党当政，他先是被贬到处州监酒税，后来又

【鉴赏】

“削秩徙郴州”。被贬到处州时他写了一首《千秋岁》：“忆昔西池会，鹓鹭同飞盖。携手处，今谁在？日边清梦断，镜里朱颜改。春去也，飞红万点愁如海。”内心虽然苦痛，然而尚有余力去回忆过往，发泄失望，属于一种“有力的痛苦”。过了不到一两年，他被贬到湖南，写此词之时，痛苦更多化作了疲惫与消沉，从“有力的痛苦”变成了“无力的痛苦”。秦观天性本就纤细敏感，被政敌播弄，一贬再贬，回到朝廷的希望越来越渺茫，周围的环境也越来越恶劣，甚至连家人也无法同行，不得不孤身投窜，他情绪之低落、内心之绝望可想而知。

上阕首二句写相聚之时间和地点。时节正是深秋，芙蓉院中，秋花已老，秋色将尽，秋草上霜花簇簇，均匀似剪。语出李贺《北中寒》诗：“霜花草上大如钱。”木芙蓉号称“拒霜花”，然而霜花既降，草木凋零，芙蓉又能开到几时？两句写出了一片萧飒衰败之景。可更进一步理解，无情冷酷的秋天摧残了芙蓉花，替代以霜花，“匀似翦”，安排得多么从容得意。西风纵横，铺展霜花，象征着正得势的新党，而“老尽”的芙蓉花则象征着被贬到四处、湖海飘零的元祐党人。这种大背景下，词人又能有什么作为呢？

后二句具体写相聚之内容。词人和歌妓相聚于西楼之上，彼此促坐，坐得很近，不仅坐得近，酒也喝得多。“酒杯深”，是一杯接着一杯，没个停歇的时候。痛饮既是感于歌妓的深情厚谊，“意满便同春水满，情深还似酒杯深”，也是因为词人心中充满了贬谪的痛苦和对未来的绝望，不得不借酒浇愁，“老去渐知时态薄，愁来唯愿酒杯深”。“风压绣帘香不卷”句，绣帘低垂，暖香惹梦，把寒冷的秋风隔绝在外，造出一个暂时的避风港。这是歌妓的细心，也是词人此时能得到的唯一安慰。

过片紧接“风压绣帘香不卷”，进一步描写这个暂时的温柔乡。“玉纤慵整银筝雁，红袖时笼金鸭暖。”女子的手指细白如玉，华贵的银筝排列着雁行般的弦柱。酒喝了很多，歌也唱了很多，女子不再殷勤整理筝柱。古时弹筝，因为弦有松紧，力有轻重，弦柱会随着时间移动，致使音调发生改变，因此隔一段时间就需要重新整理筝柱、校正音准。此时女子不再整理筝柱，说明弹唱已经结束，或者暂时告一段落。她随手拨弄着筝弦，手不时从红袖中伸出，在香炉上取暖。两人渐渐从一个弹唱、一个听歌变成闲话家常，就像是白居易《琵琶行》中的琵琶女，在弹完一曲之后，“整顿衣裳起敛容”，倾诉生平。此时的词人，心中的情绪想必和当年被贬的白居易一样，“同是天涯沦落人，相逢何必曾相识！”

末二句，“岁华一任委西风，独有春红留醉脸”，《词则・闲情集》卷一评价：“顽艳中有及时行乐之感。”词人其实并无行乐之心，昔日青年才子的风流浪漫早已被现实摧残殆尽，西楼之聚不过是恰逢其会，在漂泊羁旅中重温了一缕温柔残梦，而这残梦也难以久长。绣帘虽然阻隔了西风，但西风早已遍布天地之间。“岁华一任委西风”，不是旷达行乐，实乃穷愁无奈。末句“独有春红留醉脸”，对比上阕首句“秋容老尽芙蓉院”，醉脸上的“春红”不过是暂时的幻觉，而老尽的“秋容”才是人生的真相。李贺《铜雀妓》诗：“佳人一壶酒，秋容满千里。”秋容本就是愁容。“春红”与“秋容”的对比，一虚幻一真实，多少悲凄酸楚的人生滋味在其中，朱颜辞镜花辞树，醉脸虽红不是春。词人放弃了一切希望，“一任委西风”，而“独有春红”，这虚幻的“春红”竟是词人所残留的所有。人生至此，情何以堪！

秦观近百首词作，近三分之一带有“愁”字，此词虽然没有一个愁字，却无处不是愁，只是愁绪被掩盖在了平静的外表和婉约的词句之下，化作深沉的人生的悲哀。冯煦《蒿庵词论》中说他：“古之伤心人也。其淡语皆有味，浅语皆有致。”品其词，论其人，正是如此。

（孔燕妮）

【原文】

画堂春

落红铺径水平池，弄晴小雨霏霏。杏园憔悴杜鹃啼，无奈春归。　　柳外画楼独上，凭栏手撚花枝。放花无语对斜晖，此恨谁知。

秦观是北宋词坛上一位重要的作者，这一则自然是因为他的词具有一种婉约纤柔的特美；再则也因为这种特美，与词之性质有特别相近之处；因此当词之发展，已经在苏轼手中达到了诗化之高峰以后，秦观词的成就，就更有了一种对词之本质重新加以认定的意义。而其后较秦观时代稍晚的一些作者，如贺铸、周邦彦诸人，其作风乃多近于秦，而并不近于苏，所以陈廷焯《白雨斋词话》（卷一）乃谓"秦少游自是作手，近开美成，导其先路"。而更可注意的则是秦观词中所表现的婉约纤柔之特美，乃全出于其心灵中一份敏锐善感之天性的资质，所以虽然是对词之本质的回归，然而与以前五代的《花间集》和北宋初年的晏殊、欧阳修诸人的词风，则又各有不同。《花间集》中的作品大多为歌筵酒席之艳歌，其纤柔婉丽之品质，乃是与现实之女性结合有密切之关系者，而并不必为作者个人心性品质之流露，这是秦观词之所以与《花间集》中一些纤柔婉丽之作，表面上作风虽然看似相近，而实际上却有所不同的缘故。至于晏、欧的一些小词，则又因为他们在学问事功方面各有过人的成就，因此在他们的小词中，也就隐然结合了个人的怀抱修养，而如此也就并不仅是其心性本质单纯自然之流露了，这是秦观词之所以与晏、欧的某些纤柔婉丽的小词虽看似相近，而实际上却也

有所不同的缘故。所以刘熙载在其《艺概·词曲概》中，乃云“秦少游词得《花间》《尊前》遗韵，却能自出清新”。冯煦在其《宋六十一家词选例言》中，亦云“他人之词，词才也；少游，词心也，得之于内，不可以传”。这些评语都不失为对秦观词的体会有得之言。现在我们就将以这一首《画堂春》词为例证，来对秦观词的此种出于心性之本质的婉约纤柔之特点，一加赏析。

这是一首伤春之词。伤春原是自唐五代以来，词人所经常叙写的一个主题。即以《花间集》而言，如温庭筠《菩萨蛮》词的“杨柳又如丝，驿桥春雨时”，韦庄《谒金门》词的“满院落花春寂寂，断肠芳草碧”。还有晏殊《浣溪沙》词的“满目山河空念远，落花风雨更伤春”，及欧阳修《玉楼春》词的“直须看尽洛城花，始共春风容易别”，便也都是写伤春之情的小词。但温、韦所写的乃是以男女之相思离别为主的伤春之情，而晏、欧所写的则一则表现了圆融的观照，一则表现了豪宕的意兴，都隐然有个人的襟抱修养流露于其间。可是秦观这一首小词所写的，却只是由于春归之景色所引起的一片单纯锐感的柔情。

开端的“落红铺径水平池，弄晴小雨霏霏，杏园憔悴杜鹃啼”三句，全从眼中耳中所见所闻之春归的景物写起，而且全不用重笔，写“落花”只是“铺径”，写“水”只是“平池”，写“小雨”只是“霏霏”，第三句写“杏园”虽用了“憔悴”二字，明写出春光之迟暮，然而却也并不是落花狼藉风雨摧残的重笔，而是在“憔悴”中也仍然有着含敛的意致。所以下一句虽明写出“春归”二字，但也只是一种“无奈”之情，而并没有断肠长恨的呼号。这种纤柔婉丽的风格，正是秦观词的一种特美。

至于此词之下半阕，则由写景而转为写人，换头之处“柳外画楼独上，凭栏手撚花枝”两句，情致更是柔婉动人。试想“柳外画楼”是何等精致美丽的所在；“独上”“凭栏”而更“手撚花枝”，又是何等幽微深婉的情意。如果就一般《花间》词风的作者而言，则“柳外画楼独上”的精微美丽的句子，

【鉴赏】

他们也容或还写得出来，但“凭栏手撚花枝”的幽微深婉的情意，就不是一般作者所可以写得出来的了。

而秦观词的佳处还不仅如此而已，他的更为难能之处，是紧接着又写了下一句的“放花无语对斜晖”，这才真是一句神来之笔。因为一般人写到对花的爱赏多只不过是“看花”“插花”“折花”“簪花”，甚至即使写到“葬花”，也都是把对花的爱赏之情，变成了带有某种目的性的一种理性之处理了。可是秦观这首词所写的从“手撚花枝”到“放花无语”，却是如此自然，如此无意，如此不自觉，更如此不自禁，而全出于内心中一种敏锐深微的感动。当其“撚”着花枝时，是何等爱花的深情，当其“放”却花枝时，又是何等惜花的无奈。在这种对花之多情深惜的情意之比较下，我们就可以见到一般人所常常吟咏的“花开堪折直须折”的情意，是何等庸俗而且鲁莽灭裂了。所以“放花”之下，乃继之以“无语”，便正因为此种深微细致的由爱花惜花而引起的内心中的一种幽微的感动，原不是粗糙的语言所能够表达的。而又继之以“对斜晖”三个字，便更增加了一种伤春无奈之情。何则？盖此词前半阕既已经写了“落红铺径”与“无奈春归”的句子，是花既将残，春亦将尽，而今面对“斜晖”，则一日又复将终。以前欧阳修曾经写过一组调寄《定风波》的送春之词，其中有一首的开端两句，写的就是“过尽韶华不可添，小楼红日下层檐”。其所表现的一种春去难留的悲感，是极为深切的。秦观此句之“放花无语对斜晖”，也有极深切的伤春之悲感，但却并未使用如欧阳修所用之“过尽”“不可添”“下层檐”等沉重的口吻，而只是极为含蓄地写了一个“放花无语”的轻微的动作，和“对斜晖”的凝立的姿态，但却隐然有一缕极深幽的哀感袭人而来。所以继之以“此恨谁知”，才会使读者感到其中心之果然有一种难以言说的幽微之深恨。周济在其《宋四家词选·序论》中，即曾云：“少游最和婉醇正”，又云：“少游意在含蓄，如花初胎，故少重笔。”《画堂春》这首词，便可以作为这些评语的印证。也许有人会以为像这类锐感多情的小词，并没有什么深远的意境可言，然而这种晶莹敏锐的善于感发的资质，却实在是一切美术与善德的根源。

（叶嘉莹）

千秋岁

水边沙外，城郭春寒退。花影乱，莺声碎。飘零疏酒盏，离别宽衣带。人不见，碧云暮合空相对。　　忆昔西池会，鹓鹭同飞盖。携手处，今谁在？日边清梦断，镜里朱颜改。春去也，飞红万点愁如海。

据秦瀛《淮海先生年谱》，哲宗绍圣二年乙亥（1095），少游"尝游（处州）府治南园，作《千秋岁》词"。然吴曾《能改斋漫录》及曾敏行《独醒杂志》俱谓作于衡阳，面呈孔毅甫。按少游于绍圣三年由处州（今浙江丽水）削秩徙郴州，岁暮抵贬所，其经衡阳已届秋冬，与词中所写春景不合。故此词应作于处州，至衡阳始录呈孔毅甫。因为词中感情极其悲伤，所以孔毅甫读后说："秦少游气貌，大不类平时，殆不久于世矣。"（见《独醒杂志》）

这首词的特点是把今与昔、政治上的蹭蹬与爱情上的失意交织在一起，因而短短一首小词，具有极大的思想容量与强烈的艺术魅力，在《淮海词》中是少有的佳篇。

上片着重写"今"。词人于绍圣元年贬监处州酒税。据府志云，处州城外有大溪，岸边多杨柳。起首二句即写眼前之景，将时令、地点轻轻点出。春去春回，往往引起古代词人的咏叹。王观《卜算子》云："若到江南赶上

【鉴赏】

春,千万和春住。”黄庭坚《清平乐》云:“春无踪迹谁知,除非问取黄鹂。”然而少游这里却把春天的踪迹看得明明白白:“水边沙外,城郭春寒退。”浅浅春寒,从溪水边、城郭旁,悄悄地退却了。二月春尚带寒,“春寒退”即三月矣,于是词人写道:“花影乱,莺声碎。”“暮春三月,江南草长,杂花生树,群莺乱飞”(丘迟《与陈伯之书》),正是这个时候。这两句词从字面上看,好似出自唐人杜荀鹤《春宫怨》诗“风暖鸟声碎,日高花影重”,然而词人把它浓缩为两个三字句,便觉高度凝练。其中“碎”字与“乱”字,用得尤工。莺声呖呖,以一“碎”字概括,已可盈耳;花影摇曳,以一“乱”字形容,几堪迷目。昔人有诗云:“乱花渐欲迷人眼,浅草才能没马蹄。”俱以乱字状花之纷繁,可谓各极其妙。因为这两句特别好,所以南宋范成大守处州时建莺花亭以纪之,并题了五首诗。后世题咏者,亦代不乏人。

以上几句写春深景色,似乎洋溢着对大自然的热爱,可是词人的着眼点却是在转瞬的春归。到了“飘零”句以下,词情更加伤感了。所谓“飘零疏酒盏”者,谓远谪处州,孑然一身,不复有“殢酒为花”之情兴也;“离别宽衣带”者,谓离群索居,腰围瘦损,衣带宽松也。《古诗十九首》云:“相去日以远,衣带日以缓。”当为后一句所本,因此明人沈际飞评曰:“两句是汉魏人诗。”(《草堂诗余正集》卷二)少游此词基调本极哀怨,此处忽然注入汉魏诗风,故能做到柔而不靡。歇拍二句进一步抒发离别后的惆怅情怀。所谓“碧云暮合”,说明词人所待之人,迟迟不来。这一句是从江淹《拟休上人怨别》诗“日暮碧云合,佳人殊未来”化出,表面上似写怨情,而所怨之人又宛似女性,然细按全篇,却又不似。朦胧暧昧,费人揣摩,这正是少游词的微妙之处,即清人周济所云“将身世之感,打并入艳情,又是一法”(见《宋四家词选》评其《满庭芳》“山抹微云”阕)说得通俗一点,便是将政治上的蹭蹬与爱情上的失意交织起来。因此读来不觉枯燥乏味,而是深感蕴藉含蓄,耐人涵咏。

上片写今，过片则转而写昔。时间不同了，场景变化了，而词人的潜在意识却一直是贯串的。因为看到处州城外如许春光，词人便情不自禁地勾起对昔日西池宴集的回忆。西池，即金明池，《东京梦华录》卷七谓在汴京城西顺天门外街北，自三月一日至四月八日闭池，虽风雨亦有游人，略无虚日。《淮海集》卷九《西城宴集》诗注云："元祐七年三月上巳，诏赐馆阁花酒，以中浣日游金明池、琼林苑，又会于国夫人园。会者二十有六人。"这是一次盛大而又愉快的集会，在词人一生中留下了难忘的印象。"鹓鹭同飞盖"一句，把二十六人同游西池的盛况作了高度的概括。鹓鹭者，谓朝官之行列整齐有序，犹如天空中排列飞行的鹓鸟与白鹭。飞盖者，状车辆之疾行，语本曹植《公宴诗》："清夜游西园，飞盖相追随。"阳春三月，馆阁同人乘着车辆，排成长队，驰骋在汴京西城门外通向西池的大道上，多么欢乐；然而曾几何时，景物依稀——这儿也有水边，也有繁花，也在城外，而从游者则贬官的贬官，远谪的远谪，俱皆风流云散，无一幸免，令人多么痛心！"携手处，今谁在"，这是发自词人肺腑的情语，我们仿佛听到他在哭泣着呼唤，哭泣着诉说。这对元祐党祸无异是痛心疾首的控诉。然而词人表达这种感情时也不是浅述直露，这从"日边"一联可以看出。"日边清梦"，语本李白《行路难》其一："闲来垂钓碧溪上，忽复乘舟梦日边。"王琦注云："《宋书》：伊挚将应汤命，梦乘船过日月之旁。"少游将之化而为词，说明自从迁谪以来，他对哲宗皇帝一直抱有幻想。他时时刻刻梦想回到京城，恢复昔日供职史馆的生活。可是日复一日，年复一年，他的梦想如同泡影。于是他失望了，感到回到帝京的梦已不可能实现。梦断难寻，这是多么惨痛的遭际；然而表达得又是如此委婉曲折。接着"镜里朱颜改"一句，更联系自身。无情的岁月，使词人脸上失去红润的颜色。词人一会儿谈政治理想的破灭，一会儿又说个人容颜的衰老，反复缠绵，宛转凄恻，简直催人泪下。

词的结尾是全词感情的高潮，也是全篇的警策。开头说"春寒退"，暗示夏之将至；到此又说“春去也”，明点春之即归。两者从时间上或许尚有些距离，而从词人心理上则是无甚差别的。盖四序代谢，功成者退，春至极盛时，敏感的词人便知其将被取代了。词人从眼前想到往昔，又从往昔想到今后，深感前路茫茫，人生叵测，一种巨大的痛苦在噬啮他的心灵，因此不禁发出“春去也，飞红万点愁如海”的呼喊。这不仅是说自然界的春天正在逝去，同时也在暗示生命的春天也将一去不复返了。“飞红”句颇似从杜甫《曲江对酒》诗中“一片花飞减却春，风飘万点正愁人”化来，然其以海喻愁，却是一个了不起的创造。从全篇来讲，这一结句也极有力。近人夏闰庵（孙桐）云：“此词以‘愁如海’一语生色，全体皆振，乃所谓警句也。”（俞陛云《宋词选释》引）忧愁有如浩瀚的大海，少游谪恨之深之广，可以想见了。

总之，此词写昔是为了衬今，春深是为了衬春去，点染艳情是为了突出政治理想的破灭，最终落在一个无边无际的愁字上。全篇自然浑成，哀感顽艳，有一唱三叹之妙。

（徐培均）

踏莎行

雾失楼台，月迷津渡，桃源望断无寻处。可堪孤馆闭春寒，杜鹃声里斜阳暮。　　驿寄梅花[①]，鱼传尺素[②]，砌成此恨无重数。郴江幸自[③]绕郴山，为谁流下潇湘去？

〔注〕 ① 驿寄梅花：《荆州记》：“吴陆凯与范晔善，自江南寄梅花诣长安与晔，并赠诗曰：‘折梅逢驿使，寄与陇头人。江南无所有，聊赠一枝春。’”
② 鱼传尺素：古诗《饮马长城窟行》“客从远方来，遗我双鲤鱼。呼儿烹鲤

鱼，中有尺素书。” ③ 幸自：本自，本来是。

此词毛晋汲古阁本《淮海词》调下附注谓作于郴州旅舍，时间略晚于《阮郎归》（湘天风雨破寒初），大约作于绍圣四年（1097）春三月，其时，由于新旧党争，秦观先贬杭州通判，再贬监处州酒税，最后又被人罗织罪名，贬徙郴州，并削去了所有的官爵和俸禄。接二连三的贬官，少游内心的悲苦绝望可想而知。他来到郴州后，写下了这首词，以委婉曲折的笔法，抒写了谪居之恨，成为蜚声词坛的千古绝唱。

开篇三句“雾失楼台，月迷津渡，桃源望断无寻处”，写一个意想中的夜雾笼罩一切的凄凄迷迷的世界：楼台在茫茫大雾中消失；渡口被朦胧的月色所隐没；那当年陶渊明笔下的桃花源（在郴州以北的武陵），更是云遮雾障，无处可寻了。为什么说这是意想中的景象呢？因为紧接着的两句是“可堪孤馆闭春寒，杜鹃声里斜阳暮”。词人闭居孤馆，哪里还能看得到“津渡”呢？而从时间上来看，上句写的是雾蒙蒙的月夜，怎么到了下句，时间又倒退到“斜阳暮”——残阳如血的黄昏时刻了呢？显然，这两句是实写诗人不堪客馆寂寞，而头三句则是虚构之景了。这里词人运用因情造景的手法，景为情而设。细细体味这开头三句是意味深长的。“楼台”，令人联想到的是一种巍峨美好的形象，而如今被漫天的雾吞噬了；“津渡”，可以使人产生指引道路、走出困境的联想，而如今在朦胧夜色中迷失不见了；“桃源”，令人联想到《桃花源记》中“黄发垂髫，并怡然自乐”的一片乐土，而如今在人间再也找不到了。这开头三句，分别下了“失”“迷”“无”三个否定词，接连写出三种曾经存在过或在人们的想象中存在过的事物的消失，表现了一个屡遭贬谪的失意者的怅惘之情和对前途的渺茫之感。清人黄了翁在《蓼园词话》中说：“雾失月迷，总是被谗写照。”这是深得词人之心的。

【鉴赏】

正因为词人此时此刻的处境是苦难不可脱，仙境不可期，极端的失望和伤心，因而写下了声情凄厉、感人肺腑的诗句："可堪孤馆闭春寒，杜鹃声里斜阳暮。"这两句开始正面实写词人羁旅郴州客馆不胜其悲的现实生活。一个"馆"字，已暗示羁旅之愁。说"孤馆"则进一步点明客舍的寂寞和客子的孤单。而这座"孤馆"又紧紧封闭于春寒之中，置身其间的词人其心情之凄苦就可想而知了。此时此刻，又传来杜鹃的阵阵悲鸣；那惨淡的夕阳正徐徐西下，这景象益发逗引起词人无穷的愁绪。杜鹃一声声"不如归去"的鸣声，曾经勾引起多少游子的归思。李白《宣城见杜鹃花》写道："一叫一回肠一断，三春三月忆三巴。""斜阳"，在诗词中也是引起乡愁的。崔颢《黄鹤楼》诗云："日暮乡关何处是？烟波江上使人愁。"以少游一个羁旅之身，所居住的是寂寞孤馆，所感受的是料峭春寒，所听到的是杜鹃啼血，所见到的是日暮斜阳，此情此境，他怎能忍受得了呢？所以，这两句以"可堪"二字领起。"可堪"者，岂堪也，词人被深"闭"在这重重凄厉的氛围中，他实在不堪忍受呀！

王国维评价这两句词说："少游词境最凄婉，至'可堪孤馆闭春寒，杜鹃声里斜阳暮'，则变为凄厉矣。"他还认为这两句是一种"有我之境"，就是说，这两句在景物描写上充满了诗人自我的感情色彩，刻画了诗人的自我形象，使人感到其中有诗人自我在，在情与景的结合上是极其自然的。

"驿寄梅花，鱼传尺素，砌成此恨无重数。"过片连用两则友人投寄书信的典故，极写思乡怀旧之情。"驿寄梅花"，见于《荆州记》记载；"鱼传尺素"，是用古乐府《饮马长城窟》诗意，意指书信往来。少游是贬谪之人，北归无望，亲友们的来书和馈赠，实际上并不能给他带来丝毫慰藉，而只能徒然增加他别恨离愁而已。因此，书信和馈赠越多，离恨也积得越多，无数"梅花"和"尺素"，仿佛堆砌成了"无重数"的恨。词人这种感受是很深切的，而表现这种感情的手法又是新颖绝妙的。"砌成此恨无重数"，说恨可以堆砌。有这一“砌”字，那一封封书信，一束束梅花，便仿佛成了一块块砖石，层层垒起，以至于达到“无重数”的极限。这种写法，不仅把抽象的微妙的感情形象化，而且也可使人想象词人心中的积恨也如砖石垒成的城墙那般沉重坚实而无法消解了。

词人正是在如此深重、结郁难排的苦恨中，迸发出结尾二句："郴江幸自绕郴山，为谁流下潇湘去?”从表面上看，这两句似乎是即景抒情，写词人纵目郴江，抒发远望怀乡之思。郴江，发源于湖南省郴县黄岭山，即词中所写的“郴山”。郴江出山后，向北流入耒水，又北经耒阳县，至衡阳而东流入潇水湘江。本来是自然山川的地理形势，一经词人点化，那山山水水都仿佛活了，具有人的思想感情。这两句由于分别加入了“幸自”和“为谁”两个字，无情的山水也好像变得有情了，仿佛词人在对郴江说：郴江啊，您本来生活在自己的故土，和郴山欢聚在一起，究竟为了谁而竟自离乡背井，“流下潇湘去”呢？又好像词人面对着郴江自怨自艾，慨叹自己的身世：自己好端端一个读书人，本想出来为朝廷做一番事业，正如郴江原本是绕着郴山转的呀，谁会想到如今竟被卷入一场政治斗争的漩涡中去呢？这结尾两句，意蕴丰富，因为在词人笔下的郴江之水，已经注入了作者对自己离乡远谪的深长怨恨，富有象征性了。词人诘问离开郴山一去不返的郴江江水“为谁流下潇湘去”，可以说正是他对自己的不幸命运的一种反躬自问。

就全篇而论，秦少游这首《踏莎行》词，它的开头三句“雾失楼台，月迷津渡，桃源望断无寻处”和结尾两句“郴江幸自绕郴山，为谁流向潇湘去”都是采用象征性的表现手法，“驿寄梅花，鱼传尺素，砌成此恨无重数”三句，是用典抒情。而从现实的景物正面抒写其贬谪之情的，只有“可堪孤馆闭春寒，杜鹃声里斜阳暮”这两句，王国维在《人间词话》中特别赞赏，因为这两句完全符合他主张的“以自然之眼观物，以自然之舌言情”的鉴赏标准。“郴江幸自绕郴山，为谁流向潇湘去”两句，写得比较隐晦曲折，往往不容易

【原文】

为一般人理解。苏东坡在苏门四学士中,“最善少游”,二人“同升而并黜”,因此,这“郴江幸自绕郴山”两句,最能引起东坡强烈的共鸣,曾叹曰:“少游已矣,虽万人何赎!”以致书于扇面,永志不忘。

王国维和苏东坡对这首词的鉴赏,由于二人看问题的角度不同,各有所爱,却都不失为各有一得。应当看到,正是写实和象征的多种手法的综合运用,才构成这首词凄迷幽怨、含蕴深厚的艺术特色,才使这首词成为一件完美的艺术精品。应该说,词中各句都是写得精彩的,而“可堪孤馆闭春寒,杜鹃声里斜阳暮”两句和“郴江幸自绕郴山,为谁流向潇湘去”两句,更好,各有艺术特点。诗词作法本无定式,少游为表现其内心不能直言的深曲幽微的逐客之恨,使用写实、象征多种手法开拓词的意境,获得了成功。这对词的艺术发展是有意义的,应该肯定的。它正表现了作为北宋一代词手、婉约派大家秦少游高超的艺术才能。

(高　原)

南乡子

妙手写徽真,水剪双眸点绛唇。疑是昔年窥宋玉,东邻;只露墙头一半身。　　往事已酸辛,谁记当年翠黛颦?尽道有些堪恨处,无情;任是无情也动人!

这是一首题画词。首句为“妙手写徽真”,点出所题者即是高明肖像画师手画的崔徽像。为什么定说“徽真”不是虚指,而予以坐实呢?因为苏东坡写过一首题为《章质夫寄惠崔徽真》的诗,称“卷赠老夫”,知道当时确有

这幅画像流传,并辗转归于东坡;少游为东坡门下士,当能获见并题词。崔徽真的来历,据元稹《崔徽歌》题下注云:“崔徽,河中府娼也。裴敬中以兴元幕使蒲州,与徽相从累月。敬中使还,崔以不得从为恨,因而成疾。有丘夏善写人形,徽托写真寄敬中曰:‘崔徽一旦不及画中人,且为郎死。’发狂卒。”《歌》中云:“有客有客名丘夏,善写仪容得恣把。”即词首句“妙手写徽真”所指。总提一笔,接下去描写画中人的仪容,同时也映带出画师的神技。

东坡诗中,写画中崔徽形象是“玉钗半脱云(发)垂耳,亭亭芙蓉在秋水”,十四个字只作大略形容。少游用了七个字——“水剪双眸点绛唇”,写她的眼睛和嘴唇,给人的印象便自不同,如工笔画之于剪影,精细得多了。并不是少游比东坡来得高明,这是诗、词性质的不同。东坡写的是七言古诗,宜用大笔勾勒,故粗;少游写的是小词,容许加意点染,故细。李贺《唐儿歌》“一双瞳人剪秋水”,江淹《咏美人春游》诗“明珠点绛唇”,是其用语所本。眼睛和嘴唇是最能显示美人神采和情韵的部位,况且又加上了水波之光,绛脂之艳,确能动人心目。

“疑是昔年窥宋玉,东邻;只露墙头一半身”,继续说这幅写真的画面,透露出所画的是半身像,借宋玉《登徒子好色赋》的一段文字来增加情趣。《赋》中说,宋玉东邻的女子私慕他,登墙偷望他有三年之久(古人以“三”表多,非必是实数)。这个情节自然与崔徽本事无关,不过是由于画像是半身的而想到邻女窥宋,墙头半遮玉体的形象。这样说,似乎是词人在那里耍笔头,硬拉扯,游离于词情之外,写出败笔来了。细想也并不。“疑是”者,非是而似是也。“似是”者何?《赋》中如“著粉则太白,施朱则太赤;眉如翠羽,肌如白雪”云云,宋玉所借以盛称邻女美色之处,也不妨加之于崔徽,以补充上句刻画的不足,这就是词用宋玉赋的言外之意。

不过,崔徽画像上的神态可不是如宋玉东邻女那样的“嫣然一笑,惑阳

【鉴赏】

城,迷下蔡”,而是眉黛含颦。这是由于崔徽请画师丘夏写真时正怀着悲苦的心事,画师又作了精确的反映;词语不仅如实地表述了画面的这一部分——“翠黛颦”,而且深入追求她颦眉的原因——有“酸辛”之事。“往事已酸辛”一句,与东坡《章质夫寄惠崔徽真》诗中的“当时薄命一酸辛”,辞意皆合,当本之于他的老师,这也是少游所题崔徽真即是东坡藏品的一个佳证。“谁记当年翠黛颦”,颦眉承上“酸辛”,绝非写美人的套语,而是反映了画面上的真实。这两句词把崔徽的身世遭逢作一提挈。她的一段辛酸史既成往事,谁复省记,唯有这一幅写真留下,作为艺术精品供人鉴赏而已。言下有无穷的感慨。

最后笔锋一转,写词人赏鉴了画像后的感受:“尽道有些堪恨处,无情。”面对如此美艳绝俗的人物,如此高妙传神的画笔,观赏之后还有什么“堪恨处”呢?——说是因为画中人“无情”。“无情”云者,盖即是如东坡前题诗中所谓“丹青不解语”,或者如《牡丹亭·玩真》一折中,柳梦梅看着杜丽娘自画的真容时说的:“韵情多,如愁欲语,只少口气儿呵!”谓画上美人,虽是极妍尽态,可惜不是真人,不通情愫吧。看来词人有点想入非非了。但看了好画,赞叹之余,发此异想,人情中往往有之。这样想,这样写,也是出格而不出格。紧接着,词人以拗折之笔挽转一句,说“任是无情也动人”!全用晚唐罗隐《牡丹花》诗句“若教解语应倾国,任是无情也动人”。“不解语”的牡丹花,“少口气儿”的美人图,“无情也动人”。化工之妙,艺术之精,一语说尽。

全词以“妙手写徽真”破题,以下都是从画上真容著笔。为崔徽写真的画师丘夏的姓名赖元微之之歌而传,画像的概貌因少游此词而见,可以收入画史。

(陈长明)

浣溪沙

漠漠轻寒上小楼，晓阴无赖似穷秋。淡烟流水画屏幽。

自在飞花轻似梦，无边丝雨细如愁。宝帘闲挂小银钩。

在秦观《淮海词》中，长调应推《满庭芳》（山抹微云）为冠，小令则似应以这首《浣溪沙》为压卷了。论诗要讲境界，论词也应当讲境界。王国维在《人间词话》中说："境界有大小，然不以是而分高下。'细雨鱼儿出，微风燕子斜'，何遽不若'落日照大旗，马鸣风萧萧'；'宝帘闲挂小银钩'，何遽不若'雾失楼台，月迷津渡'也。"他认为此词结句境界虽小，然艺术性却高。其实就通篇来说，何尝不能作如此评价？

这首词的特点就在于描绘了一个精美无比的艺术境界。作者以高超的手法，将自然与艺术巧妙地媾合，仿佛在现实社会中另建一个世界，让人们神游其中，流连忘返，得到充分的艺术享受。在这境界之中，仿佛有人。然而词人并未正面刻画这个人物的形象，而是着力于刻画人物的心灵、人物的情绪。在刻画人物心灵和情绪的时候，他也没有具体地描绘人物的思想活动过程，而是借助于气氛的渲染和环境的烘托，让人们通过环境与心灵的结合、情与景的交融，感到其人宛在，感到一种轻轻的寂寞和淡淡的哀愁。

词的起调很轻，恍如风送清歌，悠然而来，把人们不知不觉地引入词中所规定的境界。"漠漠轻寒上小楼"，韵律何其婉妙幽雅！漠漠者，弥漫、轻淡也。李白《菩萨蛮》云："平林漠漠烟如织，寒山一带伤心碧。"韩愈《同水

【鉴赏】

部张员外曲江春游寄白二十二舍人》诗云:“漠漠轻阴晚自开,青天白日映楼台。”皆其意,然此词更似韩诗首句。轻寒者,薄寒也,有别于严寒和料峭春寒。无边的薄薄春寒无声无息地侵入了小楼,这是通过居住在楼中的人物感受写出来的,故我们可以感到其人宛在。时届暮春,天气为什么这样冷呢?下一句补充说:“晓阴无赖似穷秋。”原来是一大早起来就阴霾不开,所以天气冷得像秋天一般。穷秋者,九月也。南朝鲍照《白纻歌》云:“穷秋九月荷叶黄,北风驱雁天雨霜。”唐人韩偓《惜春》诗亦云:“节过清明却似秋。”词境似之。春阴寒薄,不能不使人感到抑郁,因诅咒之曰“无赖”。无赖者,令人讨厌、无可奈何之憎语也。南朝徐陵《乌栖曲》云:“唯憎无赖汝南鸡,天河未落犹争啼。”以无赖喻节序,亦见于杜甫诗,如《绝句漫兴九首》之一云:“无赖春色到江亭。”此词云景色“无赖”,正是人物心情无聊之反映。以上二句,一云“小楼”,一云“晓阴”,时间地点在写景和抒情中自然而然地交代得清清楚楚。至“淡烟流水画屏幽”一句,则专写室内之景。词人枯坐小楼,畏寒不出,举目四顾,唯见画屏上一幅《淡烟流水图》,迷蒙淡远,此又一境界也。楼外天色阴沉,室内光景清幽,在在令人不欢,于是一股淡淡的春愁油然而生。

在轻悠的音乐节奏中,词过渡到下片。明人沈际飞说:“后叠精研,夺南唐席。”(《草堂诗余续集》评)也就是说下片写得特别精彩研炼,竟超过了南唐二主。这个评价毫不为过。尤其过片一联,轻灵杳眇,意境不凡。从前片意脉来看,主人公在小楼中坐久,不堪寂寞,于是出而眺望外景。“自在飞花轻似梦,无边丝雨细如愁”,写望中所见所感,境界略近唐人崔橹《过华清宫》诗所写的“湿云如梦雨如尘”。词人在《八六子》中也写过相似的句子:“那堪片片飞花弄晚,蒙蒙残雨笼晴。正销凝,黄鹂又听数声。”所不同的是此处以纤细的笔触把不可捉摸的情绪描绘为清幽可感的艺术境界。据梁令娴《艺蘅馆词选》记载,梁启超曾赞之为“奇语”。今人沈祖棻《宋词赏析》分析说:"它的奇,可以分两层说。第一,'飞花'和'梦','丝雨'和'愁',本来不相类似,无从类比。但词人却发现了它们之间有'轻'和'细'这两个共同点,就将四样原来毫不相干的东西联成两组,构成了既恰当又新奇的比喻。第二,一般的比喻,都是以具体的事物去形容抽象的事物,或者说,以容易捉摸的事物去比譬难以捉摸的事物。……但词人在这里却反其道而行之。他不说梦似飞花,愁如丝雨,而说飞花似梦,丝雨如愁,也同样很新奇。"分析得非常精辟,确是道出了这一奇语的特点。但从境界着眼,这两句还特别具有一种音乐美、诗意美和画境美。细细吟味,它的音律多么谐婉,诗意多么浓郁,而那画境又是多么清幽。词人正是运用这样谐婉的音律、浓郁的诗意和清幽的画境,构成一个凄清婉美、轻灵杳眇的艺术境界。清人陈廷焯称之曰"宛转幽怨,温韦嫡派"(见《词则·大雅集》卷二眉批),确为有识之见。

《浣溪沙》一调,下片由两对偶句接一单句结偶句给人以工整稳定之感,而单句则显示出摇曳不定的情韵,因此要写好这个结句是颇费工力的。陈廷焯对此深有体会,他曾说:"《浣溪沙》结句,贵情余言外,含蓄不尽。如吴梦窗之'东风临夜冷于秋',贺方回之'行云可是渡江难',皆耐人玩味。"(《白雨斋词话》卷一)少游此词的结句亦深得个中妙谛,比吴文英、贺铸的结句似更为轻婉蕴藉,并能变摇曳为稳定,化动态为静态,饶有余味。有人以为"银钩闲挂,表示帘已垂下",然此句系主动宾结构,"挂"字系被动词,就是说宝帘已被银钩高高挂起,然着一"闲"字、"小"字,便融情入景,韵味悠然。其意境仿佛李璟《摊破浣溪沙》中的"手卷真珠上玉钩",而闲雅则过之。李词点明人物之动作,秦词则写帘栊自挂,而将人物感情隐于这一静景之中,形成一种恬静悠闲的境界。全词以此境作结,倍觉含蓄有味。

(徐培均)

【原文】

如梦令

遥夜沉沉如水，风紧驿亭深闭。梦破鼠窥灯，霜送晓寒侵被。

无寐，无寐，门外马嘶人起。

秦观半生仕途坎坷，屡遭贬谪迁徙。此词通过驿亭一夜的所闻、所见、所感，抒写谪宦羁旅的情怀。人物的心境全是通过环境的描写来表现的，是很富于情致的作品。

“遥夜”即长夜，但它构成双声，比较“长夜”，不仅从意义而且也从声音上状出了夜漫漫而难尽的感觉。紧接“沉沉”的叠字，更增强上述感觉。这第一句尤妙在“如水”的譬喻。是夜长如水，是夜凉如水，还是黑夜深沉如水呢？只说“如水”，而不限制在何种性质上相“如”，让读者去体味。联系“遥夜”这似乎是形容夜长，联系“沉沉”又似形容夜深，联系下文“风紧”则又似形容夜凉，寓意倍加丰富。较之通常用水比夜偏于一义的写法，有所创新。这句点明时间是夜晚，次句则点出地点，“驿亭”是古时供传递公文的使者和来往官员憩宿之所，一般都远离城市。驿站到夜里自是门户关闭，但词句把“风紧”与“驿亭深闭”联在一起，则有更多的意味。一方面更显得荒野“风紧”；另一方面也暗示出即使重门深闭也隔不断呼啸的风声。“驿亭”本易使人联想到荒野景况以及游宦情怀，而“风紧”更添荒野寒寂之感。作者的心情就从这纯粹的景语中暗示出几分。

在这样的夜晚，他也许会做上一个还乡之梦吧，尽管第三句只写“梦”而没有说明梦的具体内容。而“梦破”二字，又流露出多少烦恼情绪。沉沉寒夜做一好梦,更反衬出氛围的凄清。"梦破"大约与"鼠"有关,客房点的是油灯,老鼠半夜出来偷油吃,不免弄出些声响。人一惊梦,鼠也吓跑了,但它还舍不得已到口边的美味,远远地盯着灯盏。它那目光闪闪,既惶恐,又贪婪。"鼠窥灯"的"窥"字,用得十分传神。昏暗灯光之下这一景象,直叫人毛骨悚然,则整个驿舍设备之简陋、寒伧,也就使人可以窥斑见豹。能否捕捉富于特征性的细节,往往是创造独特的词境的成败关键。同属写惊梦,"梦破鼠窥灯"就与"花落子规啼,绿窗残梦迷"(温庭筠《菩萨蛮》)的意境不同,而各擅妙境。孤立地看,花鸟与老鼠之为物,美丑判然;但作为诗歌意象的"鼠窥灯"可谓善状特殊的情景。此句与下句间,有一个从夜深至黎明的时间过程,天犹未明,"晓"的将临是由飞"霜"知道的,而"霜"的降临又是由"寒"之"侵被"感到的。"送"字、"侵"字都锤炼极佳。

由四句可知,饥鼠惊梦的结果是主人公不能继续安睡。"无寐,无寐"的重复,造成感叹语调,其中包含着许多内容,只要联系"风紧""鼠窥灯""霜送晓寒"等情景,不难体味出来。好不容易熬到天明,而"门外马嘶人起"。盖古时驿站常备官马,以供来往使者、官员们使用。门外驿马长嘶,人声嘈杂,正是驿站之晨的光景。这不仅是写景,从中可以体味到被失眠折腾的人听到马嘶人声时的困怠情绪。同时,"马嘶人起",又暗示出旅途跋涉,长路关山,白昼艰辛的生活又将开始。则行役的愁怀又见于言外。

总之,全词自始至终没有直接写人物的心情,而集中抒写"无寐"者听觉、视觉和肤觉种种感受,令读者如历其境,不但成功传达了一段旅程况味,而且表达出一种倦于宦游的情绪。

(周啸天)

【原文】

如梦令

楼外残阳红满，春入柳条将半。桃李不禁风，回首落英无限。

肠断，肠断，人共楚天俱远①。

〔注〕 ① 楚天：楚地的天空。此处泛指南方的天空。

这是秦观所写一组五首《如梦令》之第四首。整组词为伤春怀人之作。此词系词人绍圣三年(1096)暮春在贬谪地郴州所作。全词始于伤春，终于怀人。

首两句点出季节和时段。按通常写法，一般先交代季节，然后交代时段，即将“春入”句放在“楼外”句前，那样写就比较平淡。而以“楼外”句开首，则峻拔挺秀，振起全篇；写“楼外”，也暗中交代词人站在楼内，正朝外看，只见残阳染红了天空。此句也为本词设置了一个秾艳背景，后面的情节都是在此背景中展开的。

次句“入”字甚妙，将抽象的春赋予了生命和动态，且带出了摇曳的绿色柳丝。若写成春日已过将半，就索然无味了。接下来两句写落花。词人正在楼头欣赏夕阳美景，忽然一阵风吹来，他本能地回过头去，因为桃树、李树在背后。只见桃花、李花纷纷飘坠，落英满地。词人原本明朗的心情一下子跌到了谷底。

“肠断”两句酸楚欲绝。为什么花落会引起词人如此悲伤呢？末句作了回答。这个“人”就是词人的心上人，在楚天的另一头，所以说“人共楚天俱远”。读完整首词，我们才知道，词人伤春是因为怀人，也即思念远方的爱人。春花象征着美好的青春、娇美的容颜。词人被贬千里，见不到远在南方的心上人，无法携手花前月下，作昵昵儿女语，只能任随她青春老去，情何以堪！从头到末，词人都是站在楼头观望，只不过开头是向西望，后来是向东望，而心情也随景色由明亮而变得暗淡。末句情景交融，余味不尽。

（袁啸波）

阮郎归

宫腰[①]袅袅翠鬟松，夜堂深处逢。无端银烛殒[②]秋风，灵犀得暗通。　　身有恨，恨无穷，星河[③]沉晓空。陇头流水各西东[④]，佳期如梦中。

〔注〕 ① 宫腰：楚宫腰，泛指女子细腰。 ② 殒：灭也。指蜡烛被风吹灭。 ③ 星河：银河。 ④ 陇头流水各西东：比喻分离。古乐府《陇头歌辞》：“陇头流水，流离山下。念吾一身，飘然旷野。”

这是一首艳情词，女主人公和词人在宴会上相逢，一番幽会之后分别。作者深谙背面敷粉之法，用笔妍丽，曲折细腻，写幽会之欢并不直写，而是用场景、气氛和别后的相思来烘托，因此虽写艳情却乐而不淫，狡黠灵动，颇得文人小词之趣。

上阕首句写女子的形象，拈出“宫腰”与“翠鬟”两个特征。一般来说，诗词中描写美人，总是着力刻画她给作者留下最深印象的特征。读者读到的，其实是作者的印象。这种印象经过作者之笔刻印到读者的心灵之上，

【鉴赏】

使美人脱离文字而鲜活起来，千载之下栩栩如生。杜甫《佳人》诗写佳人："天寒翠袖薄，日暮倚修竹。"通过"翠袖薄"的衣着、"倚修竹"的动作和天寒日暮的情景烘托，刻画出了一个身世凄凉却自尊自爱的女性形象。晏幾道《临江仙》写友人家妓小苹："记得小苹初见，两重心字罗衣。琵琶弦上说相思。"着重描写小苹的衣衫样式和琵琶技艺，刻画她的心思灵巧和技艺超群。张先《醉垂鞭》写侑酒的艺伎："双蝶绣罗裙。东池宴，初相见。朱粉不深匀，闲花淡淡春。"清雅脱俗的着装和梳妆，一下子就把她和庸脂俗粉区别开来，给读者留下深刻印象。周邦彦《瑞龙吟》写意中人："侵晨浅约宫黄，障风映袖，盈盈笑语。"娇憨可爱的动作和神态，活画出了一个情窦初开的妙龄少女。以上描写都独具个性而且传神，可谓写美人的范本。本词中以"宫腰"与"翠鬟"做女主人公的代表特征，具有鲜明的风情美。宫腰是形，隋炀帝《喜春游歌》："锦袖淮南舞，宝袜楚宫腰。"袅袅是态，杜牧《赠别》诗："娉娉袅袅十三余，豆蔻梢头二月初。"宫腰袅袅，形态具足。翠鬟是情，欧阳修《生查子》："含羞整翠鬟，得意频相顾。"鬟松是韵，李清照《浣溪沙》："瑞脑香消魂梦断，辟寒金小髻鬟松。"翠鬟松垂，情韵自出。腰与发，向来是体现古代女子性感的部位，写艳情词而着重描写腰与发之美，固是合宜。

下句"夜堂深处逢"，本来已是深夜，又何况在夜堂之深处？时间、地点都恰到好处，可谓是天与良宵。夜色深沉，画堂深处幽寂无人，只有彼此清晰可闻的呼吸、含情脉脉的眼神和摇曳的烛光，而此时恰好秋风把蜡烛吹灭。无端，没来由，没道理，无缘无故的意思。秋风无端端地吹灭了银烛。幽会自然是越隐秘越好，银烛之光虽小，也嫌太亮，而秋风就凑趣地把蜡烛吹灭了。幽会之时，风吹烛灭，同为苏门四学士的黄庭坚也有这样的词句："银烛生花如红豆。占好事、而今有。人醉曲屏深，借宝瑟、轻招手。一阵白蘋风，故灭烛、教相就。"(《忆帝京·私情》)同是风吹烛灭，黄词"故灭烛、教相就"，不免太露痕迹，秦词着一"无端"，就比黄词高明。《草堂诗余》评曰:“恐未必‘无端’。”烛光何其微弱,一个稍重的转身、一口长长的吐气、一个有意无意的挥袖就可以把它扇灭。下句“灵犀得暗通”,暗示了这种可能性。“殒”字也有趣,到底是风刮?是袖扇?是口吹?所有线索都被词人用一个精心挑选的“殒”字给掩盖住,无法捉摸了。若有意,若无意,蜡烛总归是灭了。且不论是否真的无端,至少对两个主人公来说,烛光忽灭定然让他们又惊喜,又惊疑,又兴奋,又紧张。历来写幽会写得好的诗词,无不擅长营造张力十足的气氛,刻画兴奋与惶恐交织、狂喜共惊疑不定的情绪。张生与崔莺莺幽会,“待月西厢下,迎风户半开。拂墙花影动,疑是玉人来”。南唐后主李煜与小周后幽会,“刬袜步香阶,手提金缕鞋。画堂南畔见,一晌偎人颤。奴为出来难,教君恣意怜”。后蜀顾夐《荷叶杯》:“记得那时相见,胆战。鬓乱四肢柔,泥人无语不抬头。”柳永《燕归梁》:“轻蹑罗鞋掩绛绡。传音耗、苦相招。语声犹颤不成娇。乍得见、两魂消。”和以上相比,秦词没有更多的场景刻画,也没有神态动作上的细节描写,但情绪上并不缺少变化。“宫腰”句铺垫钟情,“夜堂”句渐入佳境,“无端”句惊喜交集,曲尽偷欢之妙,“灵犀”句在情绪高潮处戛然收束,四句层次分明,妍丽工整,很见功力。

下阕直接写离别之恨,略去了幽会的正面描写。艳情词要写得艳而不亵,留白很重要。同是写欢情,“玉钩初放钗初堕,第一销魂是此声”(黄景仁《绮怀》)就比“兰麝细香闻喘息,绮罗纤缕见肌肤”(欧阳炯《浣溪沙》)更有余味。就本词而言,“无端银烛殒秋风”的狂喜和“灵犀得暗通”的销魂,已经留给读者足够丰富的想象空间,万种风情中有动荡空灵之妙,读者自能体会。

欢情正浓,而星河已沉,黎明将至,此时两人之憾恨不舍,自不待言。身有恨,一作身有限。无论是有恨还是有限,目的都在强调恨之无穷。秦观《风流子》词:“算天长地久,有时有尽,奈何绵绵,此恨难休。”正是此意。

【原文】

末二句写离别之后难以再见，犹如陇头流水各自西东，回思过往之佳期幽会，犹如一梦，不仅像梦一样美丽，也像梦一样飘渺和不可追寻。这两句可以理解为别离当下对佳期不可再得的失落和遗憾，也可以理解为别离之后对往事的追忆和感伤。无穷之恨，不仅来自情人必须分别的痛苦，也来自今后无法再见的悲哀。“陇头流水各西东”，不一定是地理上的隔离，亦有可能是心理上的隔离，所谓“咫尺画堂深似海”，“银汉是红墙，一带遥相隔”。欢乐紧接以遗憾和悲伤，情绪大起大落，故而有恨，正因为佳期如梦，故而此恨无穷。

作者采用了对比的手法，上下阕的情绪截然相反，悲喜相形，互相衬托，喜者愈喜，悲者愈悲，词情深婉而笔力劲健，引人入胜。

（孔燕妮）

阮郎归

湘天风雨破寒初，深沉庭院虚。丽谯吹罢《小单于》，迢迢清夜徂。　　乡梦断，旅魂孤。峥嵘岁又除。衡阳犹有雁传书，郴阳和雁无。

宋哲宗绍圣二年(1095)，秦观贬监处州酒税，平时不敢过问政治，常常到法海寺修忏。然而使者犹承风望旨，以谒告写佛书为罪，于是再次削秩徙郴州。词人丢官削秩，愈贬愈远，那颗一再遭受打击的心似乎破碎了一般。在经过潇湘南徙的时刻，他几乎哭泣着说：“人人尽道断肠初，那堪肠已无！”(《阮郎归》其三)在郴州贬所挨过了整整一年，眼看又到了除夕，词

人心情无比哀伤,便提笔写下这首词。

词的上阕写除夕夜间长夜难眠的苦闷。起首二句,词人以简练的笔触勾勒了一个寂静幽深的环境。满天风雨冲破了南方的严寒,似乎呼唤着春天的到来。然而词人枯寂的心房,却毫无复苏的希望。环顾所居的庭院,深沉而又空虚,人世间除旧岁、迎新年的节日气象一点也看不到。寥寥十二个字,不仅点明了时间——破寒之初,点明了地点——湘南、庭院;而且描写了一个巨大的空间:既写了寥廓的湖南南部的天空,也写了蜗居一室的狭小的贬所。更堪注意的是,在凄凉孤寂的氛围中,隐然寓有他人的欢娱。因为除夕是中国的传统节日,这一天家家户户,围炉守岁,个中意味,读者会从传统习惯上联想得到。由此可见词人此处用了隐寓的手法,让读者以经验和想象来补充他所描写的情境。这就是评论家所常说的"含蓄得妙"。

"丽谯"二句是写词人数尽更筹,等待着天明。丽谯,指城门楼,语出《庄子·徐无鬼》"君亦必无盛鹤列于丽谯之间"。《小单于》是唐代大角曲名,诗人李益有《听晓角》诗云:"无数塞鸿飞不度,秋风卷入《小单于》。"从字面上看,秦观的构思似乎受到这两句诗的影响,但所写的感情,完全是词人自己的。上面说了,除夕之夜,人们是阖家守岁,而此时此地的词人却独居在与世隔绝的"深沉庭院"之中,耳中听到的只是风声、雨声,以及凄楚的从城门楼上传过来的画角声。这种种声音,仿佛是利箭,是乱石,不断地刺激着、敲打着词人的心灵。在这种情况下,词人好容易度过"一夜长如岁"的除夕。"迢迢"二字,极言夜之长;加一"清"字,则突出了夜之静谧,心之凄凉。而一个"徂"字,则把时间的流逝写得很慢,很慢。可以看出,词人用字是极为精审而又准确的。

整个上阕,情调是低沉的,节奏是缓慢的。然而到了换头的地方,词人却以快速的节奏发出"乡梦断,旅魂孤"的咏叹。自从贬谪以来,离开家乡

【鉴赏】

已经四年了，这个“乡”字当是广义，包括京都和家乡。词人日日夜夜盼望着回乡，可是如今却像游魂一样，孑然一身，远谪南州。当此风雨之夕，即使他想在梦中回到家乡，也因角声盈耳，进不了梦境。“乡梦断，旅魂孤”，这六个字凝聚着多么深沉的感情呵！至“峥嵘岁又除”一句，词人始正面点除夕。峥嵘，喻不寻常，此言岁月之艰难。杜甫诗云：“旅食岁峥嵘。”词意同此。然而着一“又”字，却表明了其中蕴有多少次点燃了复又熄灭的希望之火：一个又一个除夕到来了，接着又消逝了，词人依旧流徙在外。痛楚之情，溢于言外。

词的结尾，写离乡日远，音讯久疏，连用二事，贴切而又自然。鸿雁传书的典故出于《汉书·苏武传》，本来是汉朝使臣诈骗匈奴单于的话，后人却把它当事实引用。据说“南地极燠，雁望衡山而止”（见陆佃《埤雅》）。末两句的意思是说，在衡阳还可以有鸿雁传书，而自己贬在衡阳以南几百里的郴阳，连雁也看不到了，何能带来书信呢？这两个故实用得不着痕迹，表现了词人此时的哀苦心情。

明人沈际飞评此词曰：“伤心！”（见《草堂诗余正集》卷一）这两个字确是道出了本篇的感情特点。从词的内容到词的音调，无不充满了凄婉悲伤的色彩。清人冯煦说：“淮海（秦观）、小山（晏幾道），古之伤心人也。其淡语皆有味，浅语皆有致，求之两宋词人，实罕其匹。”（见《宋六十一家词选》例言）在宋代词坛上，以抒写凄婉感情见长的词人，独推淮海、小山。在淮海词中，情调最为凄婉的，此阕也可算得上一首。细细品玩，颇觉浅语、淡语之中，蕴有深远意味，使人自然而然地对词人的身世产生同情。

（徐培均）

满庭芳

晓色云开，春随人意，骤雨才过还晴。古台芳榭，飞燕蹴红英。舞困榆钱自落，秋千外、绿水桥平。东风里，朱门映柳，低按小秦筝。　　多情，行乐处，珠钿翠盖，玉辔红缨。渐酒空金榼，花困蓬瀛。豆蔻梢头旧恨，十年梦、屈指堪惊。凭阑久，疏烟淡日，寂寞下芜城。

这首词，从“寂寞下芜城”看，是在扬州作的。南朝宋时，扬州于十年间两遭兵祸，域邑荒芜。鲍照登广陵故城而伤之，作《芜城赋》。后亦称扬州为“芜城”。作者在《梦扬州》《望海潮》里曾描绘在扬州游冶的欢乐。这首词也是写扬州行乐，但又流露出旧事不堪回首的感慨。上片从写景开端，写的是春末的风光。天破晓了，骤雨刚过，云开天晴，天从人愿，又是一番春景，可以外出春游了。作者从广阔的空间，大笔挥洒，春景的美好，人意的舒畅，融成一体。作者在园林里游赏，开旷的古台旁，建筑着临水的楼阁，周围繁花似锦，一片灿烂。飞燕穿花，把粉红色的花瓣纷纷踢落；榆荚随风飞舞，慢悠悠地一片片飞落下来。河中的绿水也已高涨到与桥相平了。燕舞花飞，绿水盈岸，处处洋溢着迷人的春光。作者的笔已由辽阔的远景转到了近景。“秋千外”，最后凝聚到一点，另外开拓出一个境界来。秋千设置在人家花园内，这里用了一个“外”字，表示在园外所见。这里点出秋千，由园林景色转入朱门歌舞。从那柳丝掩映的朱门里，随着温煦的东风，传出低按小秦筝的音乐声。至此，一个辨音识曲、盈盈雅丽的少女形

象，出现在眼前了。在上片，作者的心情是开朗的，所以看到落花，写成飞燕在蹴动，看到榆钱，写它在舞蹈中显得困倦，没有一点伤春的情绪。

下片以“多情”承上片的“朱门映柳，低按小秦筝”，也紧接下片的行乐生活。作者以“珠钿”两句极写扬州春游之盛。古代女子乘车，男子骑马。她乘的车，有珠子的嵌金装饰，车盖上还缀有翠羽；他骑的马，用玉装饰马缰绳，还垂着红色的穗子。“珠钿翠盖”指车，以代女子；“玉辔红缨”指马，以代男子。男女共同出游，尽情欢乐，逐渐至酒空人倦，方才罢休。“渐酒空金榼，花困蓬瀛”，“蓬瀛”本仙境，借指行乐之地，“花”是指同游的女子。自开首至此，尽写春色及游乐之事，下面“豆蔻梢头旧恨，十年梦、屈指堪惊”两句，才点出以上所写，皆属前尘旧梦。两句用杜牧“娉娉袅袅十三余，豆蔻梢头二月初”“十年一觉扬州梦，赢得青楼薄幸名”诗意。十年如梦，屈指一算，使人感到心惊。“堪惊”两字，是词中点睛之笔。

一结“凭阑久，疏烟淡日，寂寞下芜城”，由追忆往日旧游转入抒写今日感情。作者凭栏久立，惟见傍晚时分薄薄的雾气和淡淡的斜阳向城墙落下。对比前文的明媚春光，欢娱游事，使人感到一种人事全非的怅惘。这里以景结情，不言情而情在其中。

这首词分今昔两层写，在写作手法上运用了倒叙法。从起笔直到“花困蓬瀛”，都是写往日光景，景物明艳，晴光迎人，表现得酣畅淋漓，并用此反衬今日的落寞情怀。“豆蔻梢头”以下数句，以一落千丈之势转折而下，扣人心弦。其中物态人情，俱写得精微细致。全词形象鲜明新颖，感情丰富真实，语言清丽，是一首“情辞相称”的作品。

（周振甫）

桃源忆故人

玉楼深锁薄情种，清夜悠悠谁共？羞见枕衾鸳凤，闷则和衣拥。　　无端画角严城动，惊破一番新梦。窗外月华霜重，听彻《梅花弄》。

秦观词的基本风格为雅丽，然亦有少量俚俗之作。此词既俚又雅，堪称雅俗共赏。调名《桃源忆故人》，词旨与调名相应，亦在于“忆故人”，因此明人李攀龙评曰：“形容冬夜景色恼人，梦寐不成。其忆故人之情，亦辗转反侧矣。”（《草堂诗余隽》卷四引）当然这里所说的是桃源仙洞中的故人，并非一般意义上的朋友，而是指自己的夫婿。词的内容是写闺中少妇的寂寞情怀。“玉楼深锁薄情种”，意谓词中女子被“薄情郎”深锁于玉楼之中。在中国传统文学中，一般称男子为薄情郎或薄幸，这里“薄情种”概指女子夫婿。古代女子藏于深闺之中，与外界极少接触，遇到夫婿外出，自有被深锁玉楼之感了。

在介绍环境、引出人物之后，便以情语抒写长夜难眠的心境。“清夜”，写夜间的清冷岑寂；“悠悠”，状夜晚的漫长。悠悠清夜，闺人独处，倍觉凄凉。而着以“谁共”二字，则更加突出了人物孤栖之苦。又以问句出之，便渐渐逗出相思之意。此时她唯见一床绣有鸳鸯的锦被、一双绣有凤凰的枕头。凤凰鸳鸯，皆为偶禽。这对主人翁来说，无异是强烈的对比，辛辣的讽刺。鸟儿尚且成双作对，人儿反而单栖孤眠，岂非人而不如鸟乎？因此词中说是“羞见”。羞，犹怕也。这“羞见”二字用得特别好，既通俗，又准确；

【鉴赏】

以"羞见枕衾鸳凤"烘托人物的内心活动，也极为贴切。歇拍"闷则和衣拥"，清人彭孙遹《金粟词话》评曰："词人用语助入词者甚多，入艳词者绝少。惟秦少游'闷则和衣拥'，新奇之甚。用'则'字亦仅见此词。"他说的是用"则"字这个语助词写艳词，以少游最为新奇。可见这是俚语，也就是说活在人民口头的语言，一般雅词中是不用的。少游这里用了，就显得真挚、贴切，富有生活气息。在这一句中，"闷"字似更为要紧，主人翁因为被玉楼深锁，因为无人共度长夜，更怕见到成双作对的"枕衾鸳凤"而更感孤单，所以心头感到很闷。闷而无可排解，只得和衣拥衾而卧。因此这一句是上片的结穴所在。

下片写主人翁梦醒。她拥衾而卧，似乎睡着了，入梦了。她梦见了什么，词中未写。然依词意，她似乎梦得很甜美。但刚刚入梦，就被城门楼上传来的画角声惊醒了。"无端画角严城动，惊破一番新梦"，从语言上看，与上片风格有异，因为它并不俚俗，而略带雅丽。"惊破一番新梦"，意境好似李清照《念奴娇》词中的"被冷香消新梦觉，不许愁人不起"。不过这里的新梦是被画角声惊醒罢了。梦被惊醒，睁眼看看室内，照理应该仍是"羞见枕衾鸳凤"，仍是"闷则和衣拥"。然而这样写，词情便没有发展，境界便显得重复。于是词人宕开一笔，从室内写到室外。

室外的景象，同样写得很清冷，但语言却变得更为雅丽一些。此刻已到深夜，月亮洒下一片清光，地上铺着浓重的白霜。月冷霜寒，境界何其凄清！这也是主人翁心境的写照，即王国维《人间词话》所云"有我之境"是也。在此境界中，主人翁似乎在谛听着外面的一切，刚听罢严城中传来的凄厉的画角声，又传来一阵哀怨的乐曲。"梅花弄"，即《梅花三弄》，汉横吹曲名，本属笛中曲，后为琴曲，凡三叠，故称《梅花三弄》。听"梅花弄"而曰彻，说明从头至尾听到最后一遍，其耿耿不寐，可以想见。这结尾二句，紧承"梦破"句意，从视觉和听觉两方面刻画主人翁长夜不眠的情景，语言清丽，情致雅逸。

（徐培均）

调笑令 莺莺

春梦，神仙洞。冉冉拂墙花影动。西厢待月知谁共？更觉玉人情重。红娘深夜行云送，困亸钗横金凤。

秦观有《调笑令》十首，分咏古代十个美女，每首之前冠以一首七言短诗，一般称之为“致语”。这种《调笑令》，是北宋元祐年间在教坊艺人影响下所产生的一种新的艺术形式，当时也叫《调笑转踏》。“转踏”当是一种舞蹈的名称。王国维《宋元戏曲考》第四章据吴自牧《梦粱录》云：“北宋之转踏，恒以一曲连续歌之。每一首咏一事，共若干首，则咏若干事。”可见它是载歌载舞，有念有唱的。词自产生以来，乃是由歌妓手执红牙檀板在花间筵前进行演唱的，至此则在演唱方式上发生较大的变化。王国维在《戏曲考源》中还进一步分析道：“秦少游、晁补之、郑彦能《调笑转踏》，首有致语，末有放队。每调之前有口号诗，甚似曲本体制。”就是说这种《调笑转踏》，是宋词向戏曲过渡过程中产生的一种艺术形式。

这里选录的是十首中的第七首，词前有诗曰：“崔家有女名莺莺，未识春光先有情。河桥兵乱依萧寺，红愁绿惨见张生。张生一见春情重，明月拂墙花影动。夜半红娘拥抱来，脉脉惊魂若春梦。”诗词配合，便将唐人元稹《会真记》中莺莺张生月下私期的一段故事描述出来，成为当时教坊艺人演唱的一个段子。

【鉴赏】

词原是一种依附于宴乐的抒情诗体，所以前人说“凡词无非言情”（徐釚《词苑丛谈》），要由词本身来叙写故事，一般是比较困难的。它必须以其他文学样式相辅助。即以此词而言，它仍未丧失抒情的本色。至于叙写故事，交代情节，它不得不依靠前面的诗句。诗中简明地引出了莺莺这个人物，介绍了河桥兵乱的事件，然后写莺莺与张生相遇，红娘带着莺莺到西厢与张生幽会。把故事交代清了，气氛渲染足了，于是感情被推向高潮，便产生了一首以抒情为主的小词，《淮海居士长短句》中标作“曲子”。词以诗末句二字开端，衔接得非常紧密。使人想象得出，诗一念完，词即开唱，诗和词构成一个完整的艺术整体。其他各首也莫不如此。这是《调笑转踏》的一个特点。

从这首词的内容来说，主要是取了《会真记》当中最精彩的待月西厢一节，约略相当于元杂剧《西厢记》的第三本第二折。开头两个短语，一句一韵，表现了张生来到花园外边的急迫心情。这种突如其来的好事，使他感到如入桃源仙洞一般美好，也像春梦似的迷茫。其意境恰似后唐李存勖的《忆仙姿》，带有某种朦胧的诗意。“拂墙花影动”，本是《会真记》《明月三五夜》一诗中的成句，前面著以“冉冉”二字，便加强了花影在微风中微微摆动的动态感。这三句总起来说，是既写景，也写情，是主人公在特定情境中特定心态的微妙象征。对于一个古代书生来说，初次去赴一个女子的约会，心情该是多么欣喜，又是多么紧张。而用“春梦”“花影动”这样的语言，不是恰到好处地把这种心态表现出来了吗？

词中的“西厢”二句，从情绪上看是由激动趋于稳定。他冷静下来，于是想到他所日夜思念的玉人：她在西厢等待月儿上升，一天清露，花园寂寂，有谁在陪伴着呢？词中不写张生对莺莺情深，而偏说玉人对他情重，从对面写来，尤觉爱之深，恋之切。当然这样的句子不是少游首创，《会真记》中原本写着：“待月西厢下，迎风户半开。拂墙花影动，疑是玉人来。”好处在于词人把这句从起首移置中间，化平直叙写为曲折顿挫，使感情更加深化。结尾二句，虽也抒情，但叙事成分较多。在张生热切期待的时刻，好心的红娘“敛衾拥枕而至”了。“行云送”一辞，用宋玉《高唐赋》中“旦为朝云，暮为行雨”的典实，暗喻莺莺前来幽会。下面“困亸钗横金凤”一句，则是以象征手法表现幽会后女子的慵怠情态。从实质上讲，这当然是艳语；然而“少游虽作艳语，终有品格”（王国维《人间词话》），并不像有些词家那样赤裸裸地描写色情。他的分寸还是较为得当的。“钗横金凤”一辞亦有所本，李商隐《偶题二首》之一云：“水文簟上琥珀枕，傍有堕钗双翠翘”，也富于象征性、暗示性。少游化用其意，遂使艳情蒙上一层纱幕，不甚露骨。

正是因为处于词体向戏曲过渡阶段，所以这首词跟传统词的特征有异。它既抒情，又叙事，以致人称不太清楚，在抒情的时候用第一人称，而结尾二句又似客观的描述，颇似第三人称。另外，由于仅仅凭借一首短诗和一首小词，篇幅狭小，纵然词人善于概括浓缩，能够传达出故事梗概和人物概貌，但要给读者留下完整的印象，却难以做到。这一任务只有留给以后赵令畤的《商调·蝶恋花》、董解元的《西厢记诸宫调》和王实甫的《西厢记》杂剧了。

（徐培均）

虞美人

高城望断尘如雾，不见联骖[①]处。夕阳村外小湾头[②]，只有柳花无数送归舟。　　琼枝玉树[③]频相见，只恨离人远。欲将幽恨寄青楼，争奈[④]无情江水不西流。

【原文】

〔注〕 ① 联骖：犹连骑，并辔而行。骖：古代驾在车前两侧的马，也代指马。 ② 小湾头：指茱萸湾。在今扬州，秦观由扬州回高邮的必经之路上。因此地北有茱萸村，遍植茱萸，故以茱萸立名。《读史方舆纪要·扬州府》："扬州北十五里，有湾头镇。" ③ 琼枝玉树：比喻美人。 ④ 争奈：怎奈。

这是秦观在元丰四年(1081)由扬州回家乡高邮，于路上怀念朋友的词。朋友里不仅包括联骖并骑一起出游的才俊，也包括青楼知己。作者作于同时的《望海潮》一词描写扬州人物之鲜丽，"花发路香，莺啼人起，珠帘十里东风。豪俊气如虹。曳照春金紫，飞盖相从"。就是以豪俊与妓女为主的。扬州在宋代作为经济发达的大城市，人才荟萃，这两种人物的数量都不少。秦观游扬州之时，扬州知州鲜于侁、从事邵彦瞻等都是他的朋友，常常诗酒唱和，并骑出游，至于青楼知己就更不缺乏。秦观离开扬州之时留恋难舍，所以作了这首词以抒遣离怀。

上阕首二句写离别之情景。词人越行越远，扬州城池虽然高，可也渐渐地看不见了，频频回顾，只有红尘如雾，将昔日与朋友们联骖并骑所游之地完全遮住。高城望断，在秦观另一首词《满庭芳》中也出现过："高城望断，灯火已黄昏。"高城望断，说明作者已经望了很久，依依不舍之情刻画出来了。尘如雾，写出尘土之细，不是粗粝肮脏的砂土，而是在空气中飘荡的细微埃尘，是城市所特有的景象，所谓"紫陌香消一丈尘"之尘。

"夕阳"两句写眼前之景，词人已经到了茱萸湾。黄昏时分，夕阳挂在村落之外，无数柳花扑面飞来，好像是在送别词人的行舟。"只有"句承接"不见联骖处"，补上一笔送别。送别的朋友们已经看不见，只有柳花依依送别。有柳花，自然有柳树，古人折柳送别，意在挽留，然而柳丝纵长，难系归舟，柳花纵多，难解愁怀。夕阳，意味着日将暮，柳花，意味着春将归，日暮春归都无法挽留，和夕阳柳花融为一体的归舟自然也不能例外，再多的留恋不舍，也无法回头。

下阕跳出离别，再度转入怀人，只是所怀之人已不再是并辔联骖的诗朋文友，而是温柔美丽的青楼知己。“玉树”典出南朝宋刘义庆《世说新语·容止》：“魏明帝使后弟毛曾与夏侯玄并坐，时人谓蒹葭倚玉树。”本用来形容男性的风度仪态之美，但宋词中多用“琼枝玉树”一词来形容女性，尤其是青楼女子。例如柳永《尉迟杯》词：“绸缪凤枕鸳被。深深处、琼枝玉树相倚。”张先《醉红妆》词：“琼枝玉树不相饶。薄云衣、细柳腰。”周邦彦《拜星月慢》词：“笑相遇，似觉琼枝玉树相倚，暖日明霞光烂。”此处的琼枝玉树指的也是青楼女子。词人和她在扬州时经常相见，然而此时却已天各一方，愈离愈远。此处和上阕“只有柳花无数送归舟”重一“只”字，更见憾恨之深。

结尾二句承上而来，将“恨”字进一步发挥。词人想将胸中的一腔幽恨寄与青楼知己，寻求同情与理解，但怎奈江水东流，将词人一步步推离扬州，无穷憾恨，终是只能自己消受而已。古人常用江水东流来比喻美好事物的消逝和不可挽回，寄托人生的无奈。如韩偓《半醉》诗：“水向东流竟不回，红颜白发递相催。”李煜《相见欢》词：“自是人生长恨水长东。”柳永《八声甘州》词：“惟有长江水，无语东流。”朱敦儒《朝中措》词：“个是一场春梦，长江不住东流。”江水本就无情，但词人却怪它竟然如此无情，不肯回头向西流，这是词中常用的“无理而有情”的手法。词人之所以埋怨无情江水，还是因为留恋扬州，不舍得归去。

（孔燕妮）

【原文】

虞美人

碧桃天上栽和露，不是凡花数。乱山深处水潆回，可惜一枝如画为谁开？　　轻寒细雨情何限，不道春难管。为君沉醉又何妨，只怕酒醒时候断人肠。

这是一首托物寓怀、自伤身世的小词。词中所咏的幽独不凡的花，实即词人高洁品格与不幸遭际的一种象征。

首句用晚唐诗人高蟾《下第后上永崇高侍郎》“天上碧桃和露种”句，只是把“种”改为“栽”，并稍易语序，以就声律而已。首句连下句赞美花的仙品，说它像天上和露栽种的碧桃，不是凡花俗卉一般。上句正面见意，下句反面强调，正反相济，先极力一扬。

接下来两句“乱山深处水潆回，可惜一枝如画为谁开？”却突作转折，极力一抑，显示这仙品奇葩托身非所。乱山深处，见处地之荒僻，因此，它尽管具有仙品高格，在潆回盘绕的溪边显得盈盈如画，却没有人来欣赏。陆游《卜算子·咏梅》有“驿外断桥边，寂寞开无主”之句，意蕴与此略似，而此篇咏叹的意味更浓，音情也摇曳多姿。

“轻寒细雨情何限，不道春难管。”过片两句，写花在暮春的轻寒细雨中动人的情态和词人的惜春的情绪。细雨如烟，轻寒恻恻，这盈盈如画的花显得更加脉脉含情，无奈春天很快就要消逝，想约束也约束不住。花的含情无限之美和青春难驻的命运在这里构成无法解决的矛盾。这就逗出了结末两句。

"为君沉醉又何妨，只怕酒醒时候断人肠。"君，这里指花。因为怜惜花的寂寞无人赏，更同情花的青春难驻，便不免生出为花沉醉痛饮，以排遣愁绪的想法。"只怕"二字一转，又折出新意：想到酒醒以后，面对的将是春残花落的情景，岂不更令人肠断？这一转折，将惜花伤春之意更深一层地表达了出来。

托物自寓之作，大多含蓄不露，但也有直接点到自己的，如骆宾王《在狱咏蝉》尾联："无人信高洁，谁为表予心？"李商隐《蝉》尾联："烦君最相警，我亦举家清。"物、我之间或合或分。这首词的结拍二句也是如此。前六句咏花，即以自寓；后二句"君"我分举，但从我对花的同情中自可看出同命相怜。因此无论分、合，花都不妨看作词人身世遭际的象征。

这首词在表现上的显著特点，是基本上不用赋法，避免作正面的描绘刻画，纯以唱叹之笔，于虚处传神，所以特富于风致情韵。

（刘学锴）

虞美人

行行信马横塘畔，烟水秋平岸。绿荷多少夕阳中，知为阿谁凝恨背西风？　　红妆艇子来何处？荡桨偷相顾。鸳鸯惊起不无愁，柳外一双飞去却回头。

横塘是地名，古代叫横塘的地方不止一个。唐崔颢《长干曲》诗"君家住何处？妾住在横塘"中的横塘在南京秦淮河畔，宋贺铸《青玉案》词"凌波

【鉴赏】

不过横塘路"中的横塘在苏州胥江边，而更多的横塘是泛指东西向的水塘。本词中的横塘应是最后一种。元丰二年(1079)秦观在游历会稽时写过一首《游龙门山次程公韵》诗："路转横塘入乱峰，遍寻潇洒兴无穷。"此词似也作于同时，乃郊野纪游之作。

上阕首句交代词人野游的地点。"行行"指不停前行，出《古诗十九首》："行行重行行。"信马就是任马乱走，不加制约。词人信马而行，不在一个地方停留，也没有什么固定的目的地，只是顺着横塘欣赏风光。"烟水"句写横塘水景。秋水弥漫，与堤岸齐平，笼烟带雾，一片迷离。"绿荷"两句出自杜牧《齐安郡中偶题二首》之一："多少绿荷相倚恨，一时回首背西风。"古人常以花叶卷曲比喻愁怨。"芭蕉不展丁香结，同向春风各自愁。"(李商隐《代赠》)绿荷在西风中翻卷，也似芭蕉叶卷、丁香花结，含着不尽的忧愁，原诗的"恨"就是从此而来。词人化诗为词，加一"阿谁"以成问句，顿有"但见泪痕湿，不知心恨谁"的怨艾之意。杜诗俊丽，秦词纤婉，不仅跟诗人的个性有关，也跟诗和词的体式分别有关。这一对比，便能看出诗庄词婉的大体区别。既是绿荷，则荷花之凋谢可知；既是烟水，则秋色之凄迷可知。仿佛南唐李璟《摊破浣溪沙》中所写之景："菡萏香销翠叶残，西风愁起绿波间。"烟水、夕阳、绿荷、西风，共同构成了一幅萧飒凄寒的秋日水景图，而以一个问句结尾，既引起读者的好奇，也为下阕女主人公的出场做铺垫。

过片由景转人，一位红妆少女划船而来，时不时偷眼看向词人。"艇子"指小船，词和句子都出自乐府诗《莫愁乐》："莫愁在何处？莫愁石城西。艇子打两桨，催送莫愁来。"载着姑娘的小船是从哪里来的呢？这个问题就和上阕"知为阿谁凝恨背西风？"一样没有答案。姑娘不知来自何处，好像忽然出现，带着一身美丽的红妆，走进词人的眼中，也走进上阕的画中，给这幅萧飒凄寒的秋日水景图涂上了一抹艳丽的暖色，成为整幅画最生动的一笔。

姑娘一边荡桨，一边偷偷地看向词人。晚唐皇甫松的《采莲子》曲："船动湖光滟滟秋，贪看年少信船流。无端隔水抛莲子，遥被人知半日羞。"和此时情景略有相似。只是《采莲子》里的少女更加大胆，不但"贪看"，还敢将莲子抛给俊俏的少年郎。本词中的姑娘含蓄得多，只是偷看而已。姑娘看词人的时候，词人也在看她。两人眼神交接，瞥然而过。这不是风月场上的那一套目送情挑，而是一位淳朴的渔家姑娘对一个风流倜傥的陌生男性好奇的一瞥。这一瞥、这一瞬间在姑娘心头发生了什么作用？她内心对词人有什么遐想？什么猜测？恐怕和词人"红妆艇子来何处"的疑问一样没有答案。偷相顾之后，词人没有继续往下写姑娘的神态动作，似乎一切故事都已在这微妙的眼神交换中完成了。

结尾"鸳鸯惊起"两句，写水中鸳鸯被姑娘的桨声惊起，朝柳外飞去，却又回头看着这边，好像有点发愁的样子。这两句也是出自杜牧诗《入茶山下题水口草市绝句》："惊起鸳鸯岂无恨，一双飞去却回头。"词人把"岂无恨"改成"不无愁"，又加一"柳外"。这一改一添，又是诗词之别。"柳外"二字增添了词句的画面感，"不无愁"则比"岂无恨"更为婉约。愁比恨委婉，"不无"是也许有些的意思，不无愁，意思是也许有点愁。和"不无愁"一比，"岂无恨"就显得坚硬凌厉了。从词意上来说，这两句紧接在"荡桨偷相顾"句后，把以上一切难以回答、不可捉摸的问题都说尽了。绿荷为谁凝恨？姑娘为何偷顾？一切都似乎有了答案。词人用"鸳鸯惊起"两句打造了一个美丽的意境，用意境来加以说明，丰富了审美层次，拓展了读者的想象空间。当然，意境给出的答案总是微妙的，只可意会，不可穿凿。这不是一场艳遇，而是两个来自不同世界的心灵经由目光发生了一次诗意的碰撞，那种稍纵即逝的美妙涟漪，恐怕只有秦观这样感受力极强、心灵极度敏锐的诗人才能捕捉得到吧。

此词化用杜牧诗达四句之多，但熔铸自然，并不见斧凿之痕，且风流婉曲之妙乃原诗所不及。绿荷、红妆、艇子、夕阳、横塘烟水、柳外鸳鸯，词人所选择的形象、所选用的字句都很清丽，正如近人赵尊岳在《填词丛话》卷一中所说："淮海即好丽字，触目琳琅。"全词记事、写景、写人，无处不含情，但风流内蕴，含情不露，越读越有滋味，令人有口齿噙香之感。张炎在《词源》卷下中说："秦少游词，体制淡雅，气骨不衰，清丽中不断意脉，咀嚼无滓，久而知味。"用来形容这首词，很是恰当。

（孔燕妮）

点绛唇

醉漾轻舟，信流引到花深处。尘缘相误，无计花间住。　烟水茫茫，千里斜阳暮。山无数，乱红如雨，不记来时路。

刘熙载论词，谓词要"空诸所有"（这叫做"清"）而"包诸所有"（这叫做"厚"）。这一点对于小令似乎特别重要。秦观这首《点绛唇》是较好的一例，它不但绝少情语，就是写景也没有具体细微的描画，似乎一味清空；细味之，却又觉得它言外有余意，义蕴深厚。

这首词汲古本题作"桃源"。词的首二句确乎有似于《桃花源记》的开篇："缘溪行，忘路之远近。忽逢桃花林……""醉漾轻舟，信流引到花深处"，把读者带到一个优美的境界，这儿似乎是桃源的入口。人在醉乡，且是信流而行，这眼前一片春花烂漫的世界当是个偶然发现。又似乎是一个好梦："春路雨添花，花动一山春色，行到小溪深处，有黄鹂千百。"（《好事近·梦中作》）一种愉悦的心情也就见于如此平淡的语言之外。同时而起的，却又有一阵深切的遗憾："尘缘相误，无计花间住。""尘缘"自是相对灵境（王维就称桃源为"仙源"）而言的，然而，联系到作者"屡困京洛"（《碧鸡漫志》卷二）的坎坷身世，又使人感到它有所寄托。"名缰利锁，天还知道，和天也瘦"（《水龙吟》），那"名缰利锁"，正是尘缘的具体内容之一，长调固不妨具体些，而此处只说"尘缘相误"，隐去正意，便觉空灵蕴藉，正所谓"以不犯本位为高"（《艺概》卷四）。三、四句与前二句，一喜一慨，词情便摇曳生姿，使人为之情移。

下片一连四句写景，没有用力痕迹，俱属常语淡语之类。然而"烟水茫茫，千里斜阳暮"却勾勒出一幅"斜阳外，寒鸦万点，流水绕孤村"（《满庭芳》）一样的"销魂"的黄昏景象。"千里""茫茫"尤给人天涯漂泊之感。紧接一句"山无数"，与"烟水茫茫"呼应，构成"山重水复疑无路"的境界，这就与上片"尘缘相误"二句有了内在的联络，过片而不断曲意。值此迷惘之际，忽然风起（这从无字处见出），出现"乱红如雨"（李贺《将进酒》："桃花乱落如红雨"）的萧飒景象，原来是残春时节了。一句一景，蝉联而下，音节急促，恰状出人情之危苦。合起来，这几句又造成一个山重水复、风起花落、春归酒醒、日暮途远的浑成完整的意境。如此常语淡语，使人"咀嚼无滓，久而知味"（《词源》卷下评秦词）。虽然没有明写欲归之字，而欲归之意在在皆是。结句却又出人意外转折出欲归不得之意："不记来时路。"只说"不记"，更为耐味。虽是轻描淡写，却使人感到其情蕴深沉，曲折地反映出备受压抑而不能自解的作者，在梦破后无路可走的深深的悲愁。

虽是写"桃源"，由于处境与胸次各异，秦词与陶诗风貌就完全不同。"久在樊笼里，复得返自然"的陶潜笔下，处处流溢出一个精神上有所归宿的人的自得情怀；而"醉卧古藤阴下，了不知南北"的秦观笔下，却时时纠结着一个缺少精神支柱的失意者的迷惘与悲哀。这首小令以轻柔优美的调子开端，"尘缘"句以后却急转直下，一转一深，不无危苦之辞，就很典型地反映了这种心境。它自然能在千百年里引起那为数不少的失意彷徨之士的感情共鸣。此词空灵而又“包诸所有”，除了手法含蓄外，还应从它的典型性方面予以理解。

（周啸天）

南歌子

【原文】

玉漏迢迢尽，银潢淡淡横。梦回宿酒未全醒，已被邻鸡催起怕天明。　　臂上妆犹在，襟间泪尚盈。水边灯火渐人行，天外一钩残月带三星。

唐宋词中，写情人晨起离别情景的佳篇，如牛希济的《生查子》（春山烟欲收），以“记得绿罗裙，处处怜芳草”的诗意联想传出缠绵的痴情；周邦彦的《蝶恋花》（月皎惊乌栖不定），则以清冷的情境表现内心的凄楚。而秦观的这首《南歌子》，却以格调情致的清新取胜。

起两句写别离的时间。黎明时分，夜漏将尽，着“迢迢”二字，透出此夜时间之长。银潢，即银河。天亮前银河逐渐暗淡西斜，故说“淡淡横”。两句写别前之景，都暗暗传出离人对长夜已尽、别离在即的特定时间的心理感受，用笔清淡，而情致自远。

接下来两句补叙：“梦回宿酒未全醒，已被邻鸡催起怕天明。”说明前两句所写的情景是梦回时所见所闻。因为伤离惜别，夜来借酒遣愁。清晨为邻鸡催醒时，宿酒尚未全醒，朦胧中听到漏声迢递、看到银河西斜，不免有“怕天明”之感。“怕”字贯串整个上片，点醒伤离者的特殊心态。离别的人最怕别时的到来,而邻鸡并不解离别者的心理,照旧天未明即啼鸣,这在离人听来,便不免觉得它叫得特别早,而带有催人起程之意了。“未”“已”二字,开合相应,传出离人的心理。

“臂上妆犹在,襟间泪尚盈。”过片两句接上“梦回”,从残妆在臂、宿泪盈襟写出夜来伤离的情景。而晨起看到昨夜伤离的泪痕,触绪伤怀之情可想。这是从今晨所见写出昨宵,又从昨宵暗示出今晨的惜别。周邦彦《蝶恋花》有“泪花落枕红绵冷”之句,亦借枕绵泪冷写昨夜伤别,与这两句词意相近,而周词密丽凝重,秦词清疏明快,情调风格有别。

“水边灯火渐人行,天外一钩残月带三星。”结拍两句,写临行时所见,镜头由室内转向室外:水边沙上,早起的行人已经三三两两地打着灯笼火把在匆匆赶路,天宇之上,繁星已经隐没,只有一钩残月带着三星寂寥地点缀着这黎明时分的苍穹,照映着早行的人们。这两句写景清疏明丽,宛如图画,而且带有晨起征行所特具的情调气氛。前一句写离别的人眼中所见的早起征行情景,其中既隐隐透出自己即将启程的迫促感,又带有对征行的某种新鲜感,感情并不沉重。后一句所描绘的景物虽带有清寥意味,但景物本身又带有一种清疏明洁的美,语调也显得比较轻快。这似乎透露出,词中所写的这场离别,虽不无伤感的成分,但并不显得过于沉重,和周词《蝶恋花》并读,对本篇的情致清新、格调明快可以看得更加清楚。

(刘学锴)

南歌子

香墨弯弯画,燕脂淡淡匀。揉蓝衫子杏黄裙,独倚玉阑无语点檀唇。　　人去空流水,花飞半掩门。乱山何处觅行云?又

【原文】

是一钩新月照黄昏。

上片是一幅工笔重彩的梳妆图。遥对篇末"黄昏",这里写的当是晓妆或午妆。"香墨弯弯画,燕脂淡淡匀",虽未直说是画眉、搽脸,但可以从"画"且"弯弯",和"匀"与"燕脂"中体会得出。"画"与"匀"都运用得精当,而"弯弯"与"淡淡"叠字从音情、形色又配合恰好。由于口红只是圆圆地涂在唇上,只消着一"点"字便妙。只有"揉蓝衫子杏黄裙"一句不用一个动词,不仅省炼,而且还能传达一种仔细上下打量的神情。这里运用了一连串的颜色:"香墨"(墨)、"燕脂"(红)、"揉蓝"、"杏黄"、"檀"(赭红)等,将画面渲染得秾丽鲜妍。值得注意的是没有一种颜色是运用简单的元色字来替代的(比如"燕脂"与"檀"色都近红,而有偏朱偏紫的不同),辨色就更具体鲜明。善于运用动词和设色,不但显出文采,而且写出梳妆者的精心着意,一个盛妆佳人如在目前。

仅此还不足言妙。使这幅美人图获得画图难足的意态的,还是"独倚玉阑无语"的穿插,由此便有情事可以玩味。既然是"独",却用心打扮,便不能不产生"谁适为容"的问题,画外分明还有一个人在。"独倚玉阑"的女子看来是在等待,"无语"二字是意味深长的,使人想起杜诗那个"日暮倚修竹"(《佳人》)的形象。不同的是杜诗中"摘花不插发"的佳人早不存任何幻想;而这一位盛妆的佳人仍存一线希望,虽然盛妆掩饰不住她内心的空虚。

过片完全换了一幅画面,好像一幅写意的暮春黄昏图景。它并不纯是写景,上片已露端倪的情事,在这里处处有发展,有关合。"人去"二字紧连上文,可见那人的确是远走了。阑外空有"流水",流水悠悠长逝,似乎象征那人的薄幸。风扬"花飞",是残春光景,又给人以美人迟暮的暗示。门儿"半掩"而不深闭,似乎为谁半开着,又恰是女子不能断念的心情的一个写照。古诗词中多以浮云比喻薄情郎的游踪:“几日行云何处去?忘却归来,不道春将暮”(冯延巳《鹊踏枝》),“君若无定云,妾若不动山。云行出山易,山逐云去难”(雍陶《明月照高楼》),这正是“乱山何处觅行云”的注脚。由于心烦意乱,移情于物,群山便成“乱山”。水流,花飞,云行,真见得风流云散。几句俱有比兴意味,而末句则直赋眼前景:“又是一钩新月照黄昏。”看来用笔直写,很客观,仔细体味,字字是失望的叹息。“又是一钩新月照黄昏”,可那人是不会再来了!“又是”二字可见这样的等待、这样的失望远不止是一次,怨情溢于言表。

这首词没有直接的抒情叙事,两片都是“画”,且有工笔与写意、写人与写景、着色与不着色的不同,但俱能由图景暗示情事,而且意脉连贯,上片秾丽设色正为下片一洗而空作准备,加之上片音节柔缓而下片则一气贯注略无停顿,十分成功地表现了女主人公失欢之后,从一线希望到完全失望的情感发展过程。

(周啸天)

临江仙

千里潇湘挼蓝[1]浦,兰桡昔日曾经。月高风定露华清。微波澄不动,冷浸一天星。　　独倚危樯情悄悄,遥闻妃瑟泠泠。新声含尽古今情。曲终人不见,江上数峰青。

〔注〕 ① 挼:音 nuó,又音 ruó,揉搓之意。蓝为植物名,揉搓其叶取得青色为染料,《礼记·月令》已有“刈蓝以染”的话。诗词中以“挼蓝”状水色之青,如黄庭坚《诉衷情》:“山泼黛,水挼蓝。”

【鉴赏】

这是秦观于宋哲宗绍圣三年(1096)被贬郴州途中写的一首词,抒写夜泊湘江的感受。

起两句总叙。千里潇湘江上,浦口水色似揉蓝,这里写词人泊舟之处。桡,船桨。兰桡代指木兰舟,这是对舟船的美称。《楚辞·九歌·湘君》:"桂棹兮兰枻。"柳宗元《酬曹侍御过象县有寄》有"骚人遥驻木兰舟"之句。这首词中的"兰桡"即指骚人屈原所乘的舟船。这一带正是当年骚人的兰舟曾经经过的地方。首句写眼前景,却从"千里潇湘"的广阔范围带起。次句由眼前景引出"昔日"楚国旧事,显现出朦胧的历史图景,暗示自己如今正步当年骚人的足迹,在千里潇湘之上走着迁谪的行程。词人和骚人,通过"千里潇湘"这一今古长流的中介,自然联系起来。从一开始,词中就引入了楚骚的意境与色调。

接下来三句续写泊舟潇湘浦所见:"月高风定露华清,微波澄不动,冷浸一天星。"夜深了,月轮高挂中天,风已经停息下来,清莹的露水开始凝结。眼前的潇湘浦口,微波不兴,澄碧的水面荡漾着一股寒气,满天星斗正静静地浸在水中。这境界,于高洁清莹中透出寂寥幽冷,显示出词人贬谪南州途中的心境。风定露清,波平水静,一切都似乎处于凝固不动之中,但词人的思绪并不平静。这就自然暗渡到下片。

"独倚危樯情悄悄,遥闻妃瑟泠泠。"在这清寂的深夜,词人泊舟浦口,独倚高樯,内心正流动着无穷的忧思(悄悄,忧愁貌),隐隐约约地,似乎听到远处传来清泠的瑟声。潇湘一带,是舜的二妃娥皇、女英哭舜南巡不返,泪洒湘竹之处,传说她们善于鼓瑟。这里说"遥闻妃瑟泠泠",很可能是特定的地点和清冷的现境触发了词人的历史联想,并由此产生一种若有所闻、似幻似真的错觉;也可能是确实听到鼓瑟之声,但词人通过自己的想象把它虚幻化、神话化了。不论是哪一种情形,这潇湘深夜的泠泠瑟声都曲折地透露了词人自己凄凉寂寞的心声。这两句写泊舟浦口所闻,它使整个词境带有悲剧色彩。

“新声含尽古今情”,这是对江上瑟声的感受。瑟中所奏的“新声”,包含了古人和今人的共同感情。古,指湘灵;今,指词人自己。这一感受,正透露词人与湘灵一样,有着无穷的幽怨。

“曲终人不见,江上数峰青。”结尾全用钱起《省试湘灵鼓瑟》成句,但却用得自然妥帖,仿佛是词人自己的创作。它写出了曲终之后更深一层的寂寥和怅惘,也透露了词人高洁的性格。

这首词和作者以感伤为基调的其他词篇有所不同,尽管偏于幽冷,却没有他的词常犯的气格卑弱的毛病。全篇渗透楚骚的情韵,这在秦词中也是特例。

(刘学锴)

临江仙

髻子[①]偎人娇不整,眼儿失睡微重。寻思模样早心忪[②]。断肠携手,何事太匆匆。　　不忍残红犹在臂[③],翻疑梦里相逢。遥怜南埭上孤篷。夕阳流水,红满泪痕中。

〔注〕 ① 髻子:发髻。 ② 忪,惊也,惶遽也。心忪,心慌,害怕。 ③ 红犹在臂:女子脸上的红妆留在男子手臂之上。出自元稹《会真记》:“及明,妆在臂,香在衣,泪光荧荧然,犹莹于茵席而已。”

此词有说是忆内词。绍圣元年(1094),哲宗亲政,新党上台,作为旧党的秦观被迫离京,先是出为杭州通判,紧接被贬处州,后徙郴州,开启了最

【鉴赏】

后的悲剧命运。此词有可能是秦观与妻子分别时所写。

上阕首二句写的是词人回忆分离那晚妻子的模样。闺中人偎在丈夫的怀里,发髻歪斜,因为一夜未睡,眼睛疲惫发重。说髻子偎人,是因为她靠在词人怀中,发髻占据了词人的眼帘,因此词人回忆之时,第一个想起的就是妻子蓬松的鬓发。娇不整,取《诗经·卫风·伯兮》中的典故:"自伯之东,首如飞蓬。岂无膏沐?谁适为容!"原诗指的是丈夫行役离家,妻子无心梳妆打扮,和词中情景正相契合。"寻思"以下三句,一想到离别,她不由得心慌害怕,两人手儿相携,内心却早已痛断肝肠,为什么相聚这么短暂,而离别又如此匆匆!"早"字和"太"字相呼应,使离别加诸在彼此心灵上的枷锁更重一分。这既是在写闺中人,也是在写词人自己。妻子一夜未睡,词人又何尝能够合眼?妻子心慌害怕,惶恐不安,词人又何尝不是如此?更何况比起妻子,词人心中的焦虑和惶恐只会更深。和师友一起被贬出京,政治前途早已笼上一层浓重的阴影,但这种种思虑却不能说出,只能用别离的断肠来掩盖。

下阕首二句写别后相思,她脸上的脂粉还留在自己手臂之上,忽地看见,好像两人梦里刚刚相会。"残红在臂"呼应上阕开头的"髻子偎人",因为妻子倚靠在词人怀中,他的手臂上才会留下她脸上的红妆痕迹。睹残红在臂而不忍,这里的不忍有两种理解,一是因为自己痛苦而不忍,二是因为感受到对方别离时的痛苦,因此为之不忍心、不安心。从全词以闺中人的感情为中心进行描写来看,第二种理解更贴近。自己的痛苦放置不论,却去怜惜对方的痛苦,可见多情之痴,令人想起《红楼梦》中贾宝玉看见龄官淋雨,只顾着提醒她避雨,却忘了自己也在雨中,即便是跑回了家,也还记挂着那女孩子没处避雨。"翻疑"句反用戴叔伦《江乡故人偶集客舍》"还作江南会,翻疑梦里逢"诗句。戴诗是明明相见却怀疑在梦里,本词则是明明没见,却怀疑两人梦中相逢。为何有此疑?还是因为思念太深,故而混淆了真实与梦境，恍惚觉得妻子的梦魂刚刚来过。姜夔《踏莎行·自沔东来，丁未元日至金陵，江上感梦而作》里写女主人公“离魂暗逐郎行远”，和本词异曲同工。

结尾三句承接“不忍”“翻疑”而来，进一步抒发对闺中人的怀念和怜惜。当年词人在南埭只身离去，她遥遥相送，夕阳铺在水中，把江水染上一抹红色，仿佛是她脸上的胭脂，而不断东流的江水，也和她的泪水一般无穷无尽。遥怜，因为离别已远，怜惜中满是无奈。杜甫《月夜》：“遥怜小儿女，未解忆长安。”是同样深沉的感情。“红满泪痕中”的“红”和“不忍残红犹在臂”的“红”相对应。残红不仅是印在了词人的手臂之上，更是印在了词人的心上，时时刻刻，梦寐难忘。夕阳流水，在词人的眼中化作思妇伤心的眼泪，和词人在《江城子》中所写“便做春江都是泪，流不尽，许多愁”相似，而意境更加阔大。从夕阳到流水，整个天地都被笼罩在思妇的伤心之中，这是个人感情的极度外扩。泪如江，愁如海，伤心至此，充塞天地。

全词以对妻子的思念和怜惜为中心进行裁剪，叙事历历如见，细腻生动，从回忆到现在再到回忆，以一片挚诚贯穿今昔，十足真情动人。清周济《介存斋论词杂著》引董士锡语：“少游正以平易近人，故用力者终不能到。”

（孔燕妮）

好事近 梦中作

春路雨添花，花动一山春色。行到小溪深处，有黄鹂千百。
飞云当面舞龙蛇，夭矫转空碧。醉卧古藤阴下，了不知南北。

【鉴赏】

此词正如题中所示，系写梦境。据释惠洪《冷斋夜话》："秦少游在处州，梦中作长短句……后南迁，久之，北归，逗留于藤州，遂终于瘴江之上光华亭。时方醉起，以玉盂汲泉欲饮，笑视之而化。"少游于哲宗绍圣元年(1094)贬监处州酒税，三年徙郴州，词盖作于二年之春。因结语有"醉卧藤阴"之句，后人遂以为死于藤州之谶；及至迁葬无锡惠山，还说有巨藤盖覆其墓。那当然是带有迷信色彩的传说。

这首词的特点，当得上一个"奇"字。它以娴熟的技巧，表现了奇丽的色彩，奇峭的声情，奇特的境界，带有浓郁的浪漫主义情调。词的上阕写词人梦魂缥缈，漫游在一条景色瑰丽的山路上。词人的笔好似一根神异的魔棒，它指向哪里，哪里就会出现绝妙的景色。起首二句，寥寥十一字，写了春路、春雨、春花、春山、春色，环环相扣，宛转相生：春路上下了一场春雨，给人以浥尽轻尘的快感；春雨过后，春花盛开，给人以无比绚烂的印象；而春花一动，整个山间又出现一片明媚的春光，遂使人目迷五色，如入仙境。三、四两句，紧承前意。"行到"一句，与首句"春路"相应，点明方才的一切乃词人的梦魂在春路上行走所见，而这条春路，傍临小溪，曲径通幽，越走越深，境界越是奇丽。"有黄鹂千百"，则把这种奇丽的景象充分地渲染出来。"小溪深处"，犹之王维《鸟鸣涧》诗所写的"夜静春山空"，应是一个静谧的所在，黄鹂或许正在树上栖息。词人的突然来到，也像"月出惊山鸟"一般，打破了一片岑寂，无数黄鹂立刻喧腾起来。上有黄鹂飞鸣，下有溪水潺湲，再加上满山鲜花烘托，境极美矣！词人徜徉在这一优美的境界中，该多么自由舒畅；然而这是一个梦幻，现实中并不存在。观词至此，可知"从有寄托入，从无寄托出"(清周济语)，确是词之极诣了。

过片二句，词人的视线移向天空，只见飞云变幻着各种形态，竟像龙蛇一样，在碧空中飞舞。"夭矫"二字，写出龙蛇盘曲而又伸展的动态，极富于形象性。"空碧"即碧空,因押韵而句法倒装。碧空万里,龙蛇飞舞,这个景象煞是壮观。它象征着词人在梦境中获得了一刹那的精神解放。在用语和造境方面都十分奇特,词情至此,已发展到一个高潮。因此清人陆云龙评曰"奇峭"(《词菁》卷二),陈廷焯评曰"笔势飞舞"(《词则·别调集》)。所谓"奇峭"者,当是指景象奇伟,格调峻峭,非一般绮靡之作可比,也与少游其他作品不同。所谓"笔势飞舞",是形容词笔纵横捭阖,笔端带有感情,落纸如龙蛇飞动,奔逸超迈,运转自如。这就不是婉约派所能范围的了。

结尾二句,由动至静,在静的状态中,创造了一种无我之境,反映出词人消极出世的思想。在词人的后半生,为了逃避在现实中遭受贬谪的痛苦,不是在精神上遁入梦境,就是躲进醉乡。他在横州所写的《海棠春》一词曾说过"醉乡广大人间小",这里则说"醉卧古藤阴下,了不知南北"。在古藤浓阴的覆盖下,词人酣然入睡,置一切于不顾,似乎很超脱,达到了无我之境,实际上这是对黑暗现实一种消极的反抗,因此明人沈际飞认为这是"白眼看世之态"(《草堂诗余续集》卷上)。就意境而言,他写得静谧幽绝,绝非食人间烟火人语。因此清人周济评曰:"造语奇警,不似少游寻常手笔。"(《宋四家词选》)如果说"奇峭"二字是过片二句的特色,则"奇警"二字,便是这结尾二句的特色了。

近人王国维在谈到诗词境界时说:"境界有二:有诗人之境界,有常人之境界。诗人之境界,惟诗人能感之而能写之,故读其诗者,亦高举远慕,有遗世之意。……若夫悲欢离合,羁旅行役之感,常人皆能感之,而惟诗人能写之。"(《清真先生遗事·尚论》)在这首《好事近》中,少游以特有的诗人的敏锐,把复杂的生活经验和内心感受,升华为一种奇特的景象,反映了他对社会人生的看法。在优美的艺术形象中含有深刻的哲理,读之确实令人"高举远慕,有遗世之意"。明代卓人月曾以之与曹唐《偶咏》诗的"水底有天春漠漠,人间无路月茫茫"相比,说少游"此词如鬼如仙"(《古今词统》卷五）。可见它富有浓厚的浪漫主义色彩，只不过较为消极罢了。

少游此词有名于时，为许多人赞赏。东坡有题跋云："供奉官莫君沔官湖南，喜从迁客游……诵少游事甚详，为予道此词至流涕。"黄庭坚也有诗云："少游醉卧古藤下，谁与愁眉唱一杯？解作江南断肠句，只今唯有贺方回。"直至明清两代，还有不少诗人、学者通过不同方式，向少游深致悼念之情。如郎瑛《七修类稿》卷三十曾记载道："余尝亲见其墨迹，后有近代刘菊庄题云：'名并苏黄学更优，一词遗墨至今留。无人唤醒藤州梦，淮水淮山总是愁。'"可见，此词千载而下，仍能催人落泪，其中蕴有多么深厚的艺术魅力啊！

（徐培均）

醉乡春[①]

唤起一声人悄[②]，衾冷梦寒窗晓[③]。瘴雨过[④]，海棠开，春色又添多少。　　社瓮酿成微笑[⑤]，半缺椰瓢共舀。觉倾倒，急投床，醉乡广大人间小。

〔注〕 ① 按，此词牌一作"添春色"。 ② 唤起：鸟名。此鸟在春晨鸣叫，故又名春唤。 ③ 衾：被子。 ④ 瘴雨：旧指我国南方和西南方山林间湿热之气郁结而成、易致人疾病的雨。 ⑤ 社瓮：社日祭祀土地神用的酒瓮。社，土地神。

北宋元符元年（1098），秦观奉诏离开郴州（今湖南郴州）赴横州（今广西横县），离家乡更远，心情更为恶劣。据当地的方志记载，秦观到达横州

后，寄居在浮槎馆。城西有座海棠桥，桥南北种满海棠花。海棠花间住着一位姓祝的老书生。祝老先生听说秦观来了，高兴极了，邀请他来家做客。秦观借酒浇愁，喝得酩酊大醉，留宿在老先生家里。第二天他创作了此词，题写在桥柱上。

上片首两句写室内：词人躺在床上正做着梦，清晨忽然被鸟鸣声惊醒。“衾冷梦寒”，传达出的不仅是身体的寒冷，也有心情的凄凉。后三句写室外：一阵春雨过后，海棠花纷纷开放，又增添了许多春色。上片虽然没有一句直接抒情，但读者仍能体会到词人面对美丽春色时的复杂心情：既有欣喜，又有忧愁。

下片首两句写宴饮。社日祭祀用的酒刚刚酿好，词人脸上露出难得的笑容。按照当地的习俗，他用椰壳做的瓢和主人一起舀酒喝，煞是豪爽。但外乡人不胜酒力，这么喝很容易醉倒。接下来两句便写醉态。他感觉自己摇摇晃晃站不住了，赶紧躺倒在床上。这两句虽然只有六个字，描摹醉态却颇为传神。末句以醉乡的广大和人间的逼仄作对比，以寓词人在现实中处处碰壁，路越走越窄，只有进入醉乡，才能获得短暂的慰藉。

纵观全词，不仅无一字一句明写愁苦，反而貌似旷达，然细细品味，则愁绪缭绕，难以排遣。

（袁啸波）

画堂春

东风吹柳日初长，雨余芳草斜阳。杏花零落燕泥香，睡损红妆。　　宝篆烟销龙凤，画屏云锁潇湘。夜寒微透薄罗裳，无限思量。

【鉴赏】

这首词李调元《雨村词话》卷一以为"气薄语纤，此山谷十六岁作"。按称黄庭坚作者始自明刻本《豫章黄先生词》，但宋人杨湜《古今词话》及黄昇《唐宋诸贤绝妙词选》已定为少游作。细玩词之风格，婉丽柔媚，悱恻深沉，非少游莫属。

全词写一位美人的春睡，妙处在于白昼里红窗睡稳，夜晚间枕畔难安。以白昼与黑夜对照，说明女主人公正常的生活规律被打乱、被颠倒，心中必有所思。词中虽写美人春睡中的姿态和感情，然重点却在于环境的渲染。宋杨湜《古今词话》云："少游《画堂春》'雨余芳草斜阳，杏花零落燕泥香'之句，善于状景物。至于'香篆暗消鸾凤，画屏萦绕潇湘'二句，便含蓄无限思量意思，此其有感而作也。"至于因何有感，当指春情难耐，毋庸赘述，仅就词的意境而言，也是写得相当优美和深远的。

上片起首二句铺叙春睡前景色。春雨初霁，春日渐长，东风吹拂柳条，斜阳映照芳草，正是困人天气。这就为春睡渲染足了气氛。以下二句是全词的精彩之处。王国维说："温飞卿《菩萨蛮》'雨后却斜阳，杏花零落香'，少游之'雨余芳草斜阳，杏花零落燕泥香'，虽自此脱胎，而实有出蓝之妙。"(《人间词话》附录)为什么少游竟能超过词坛上一向所艳称的名句？因为他将好几层意思浓缩为一个完整的意境。杏花本当令之景，此为第一义；雨后零落，此为第二义；堕地沾泥，此为第三义；泥沾落花，带有香气，此为第四义；燕衔此泥筑巢，巢亦有香，此为第五义。词人将如许含义凝为一句，只举首尾而中间不言而喻，语言优美而意味隽永，审美价值极高。除了王国维所举的例子外，我觉得李清照《武陵春》中的"风住尘香花已尽"、《浣溪沙》中的"落花都上燕巢泥"(亦作周邦彦词)，陆游《卜算子》中的"零落成泥碾作尘"，也无不与少游词相似，但却没有他写得凝练、洒脱、隽永。李攀龙评之曰："写景入画，言少而意甚多。"(《草堂诗余隽》卷四引)可谓恰中肯紧。由于词人把环境写得如此婉美昵人，故佳人不得不陷于春困矣。“睡损红妆”一语，正补足前面意思，推出人物形象，仿佛令人看到一幅美人春睡图。

过片写美人夜间不眠时所见之景象。“宝篆”盖今之盘香。宋洪刍《香谱》云：“近世尚奇者作香，篆其文，准十二辰，分一百刻，凡燃一昼夜而已。”少游在《减字木兰花》中也写过：“断尽金炉小篆香。”此处则是表明美人已经很长时间失眠，直到篆香销尽。不是简单的叙述，而是用景语作为烘托。“画屏云锁潇湘”，是指屏风上所画的云雾潇湘图。此以潇湘喻指思念之人所在，从柳浑诗“潇湘逢故人”化出，“云锁”则迷不可见。点出苦想不眠的原因。这种手法不妨说它是融情入景。结尾二句承上意脉，具体描写夜寒袭人，美人无法再入梦乡，于是思前想后，辗转反侧。《古今词话》所谓“香篆”二句，“便含蓄‘无限思量’意思”，正是从艺术结构的浑成统一着眼的。说明前面是景中有情，此处则以情语作结罢了。

这首词乃是双叠，上下两片句式相同，写法也相同，都是前面两句着重写景，后面两句着重写情与人。但意味、情境都有差别。上片时间在白天，从室外写到室内，再写到人；下片时间在夜晚，从室内陈设写到佳人衣着，再写到思想感情。两结都是写实，但却起了画龙点睛作用。若无此两结，则通篇虚写，无所着落，读者将不知所云了。词的色彩、音韵也是写得极美的。其中有芳草、杏花、绿柳、香巢，有宝篆香烟、潇湘云雾，因而组成了色彩绚烂的画面。就音韵而言，起首二句畅达流美，节奏明快；过片一联对仗工稳，韵律谐婉。如果说，存在“气薄语纤”的毛病，主要是指两个结句，但其所抒发的感情却是深挚的，也会引起读者的无限思量。

（徐培均）

【原文】

行香子[①]

树绕村庄，水满陂塘。倚东风、豪兴徜徉。小园几许，收尽春光。有桃花红，李花白，菜花黄。　远远围墙，隐隐茅堂。飏青旗、流水桥旁。偶然乘兴，步过东冈。正莺儿啼，燕儿舞，蝶儿忙。

〔注〕 ① 此词《全宋词》疑为张绖作。

这是一幅田园风光的活动画图。在唐、五代、北宋的词苑中，除苏轼的五首描绘农村风物的《浣溪沙》外，这样的作品并不多。

画图随着词人游春的足迹次第展开。上片以"小园"为中心，写词人所见的烂漫春光。开头两句，先从整个村庄着笔：层层绿树，环绕着村庄；一泓绿水，涨满了陂塘。这正是春天来到农家的标志，也是词人行近村庄的第一印象。它使人联想起孟浩然笔下那个"绿树村边合"的农庄，平凡而优美。

"倚东风、豪兴徜徉。"接下来两句，出现游春的主人公——词人自己。"东风"点时令，"豪兴"说明游兴正浓，"徜徉"则显示词人只是信步闲游，并没有固定的目标与路线。这一切，都在下面的具体描写中得到体现。这两句写出词人怡然自得的神态。

"小园几许，收尽春光。有桃花红，李花白，菜花黄。"在信步徜徉的过程中，词人的目光忽然被眼前一所色彩缤纷、春意盎然的小园所吸引，不知不觉停住了脚步。园子虽小,却像是收入了全部春光:这里有红艳的桃花,雪白的李花,金黄的菜花。这鲜明的色彩,浓郁的香味,组成一幅春满小园的图画,显出绚丽多彩而又充满生机。

下片移步换形,从眼前的小园转向远处的茅堂小桥。远处是一带逶迤缭绕的围墙,墙内隐现出茅草覆顶的小堂。墙外,在小桥流水近旁,飘扬着乡村小酒店的青旗。这几句不但动静相间,风光如画,而且那隐现的茅堂和掩映的青旗又因其本身的富于含蕴而引起游人的遐想,自具一种吸引人的魅力,令人联想起“借问酒家何处有,牧童遥指杏花村”(杜牧《清明》),“山远近,路横斜,青旗沽酒有人家”(辛弃疾《鹧鸪天》)一类的意境。

“偶然乘兴,步过东冈。”这两句叙事,插在前后的写景句子中间,使文情稍作顿挫,读来别具一种萧散自得的意趣。这两句回应上片的“豪兴徜徉”。

“正莺儿啼,燕儿舞,蝶儿忙。”这是步过东边的小山冈以后展现在眼前的另一派春光。和上片结尾写不同色彩的花儿不同,这三句写的是春天最活跃的三种虫鸟,以集中表现春的生命活力。词人用“啼”“舞”“忙”三个字准确地概括了三种虫鸟的特性,与上片结尾对映,又进一步强化了春色满眼、生机勃勃的气氛。

《行香子》这个词调上下片完全对称,每片多为三、四字短句,节奏比较明快。特别是上下片结尾各有由一个字带领的三个三字排偶句,运用得当,可以造成蝉联一气的轻快格调。这首词的内容(乘兴闲游,欣赏春光)、情绪(比较欢快轻松),正适合用这样一个词调来表现。词人根据乘兴徜徉所见的不同景物,组成上下两片各具相对独立性的两幅活动图画,使它们相互对称、映照,成为一个整体。同时,又运用通俗、生动、朴素、清新的语言写景状物,使朴质自然的村野春光随着词人轻松的脚步、欢快的情绪次第展现,达到词的节奏与词人的感情之间和谐的统一。

(刘学锴)

【原文】

浣溪沙

青杏园林煮酒香，佳人初试薄罗裳。柳丝无力[1]燕飞忙。

乍雨乍晴花易老[2]，闲愁闲闷日[3]偏长。为谁消瘦减[4]容光。

〔注〕 ① 无力：一作摇曳。 ② 花易老：一作花自落。 ③ 日：一作昼。 ④ 减：一作损。

此词或作晏殊作，又或作欧阳修作。宋初词作，尤其是小词，常有作者相混的现象。造成这种现象的原因，一来是因为当时的作者对填词不大重视，不太在意"署名权"；二来，更主要的，恐怕则是因为这些小词的风格都很类似，实在难以区分。过分类似的风格，反映了一个时代的文学风气，同时也反映了一个时代的创作理念和文体意识。那么，少游的这首词到底在哪些地方反映出了这种"创作理念和文体上的共通意识"？在疏通词意的同时，不妨略作分析。

"青杏园林煮酒香"，词之首句，即交代了词之写作时间和写作地点。青杏者，未熟之杏也。杏树春季坐果，早者在春夏之交即可取食。孟元老《东京梦华录》卷八"四月八日"条："四月八日佛生日，十大禅院各有浴佛斋会，……在京七十二户诸正店，初卖煮酒，市井一新。唯州南清风楼最宜夏饮，初尝青杏，乍荐樱桃，时得佳宾，觥酬交作。"此是记夏初之民俗。而苏轼词"花褪残红青杏小，燕子飞时，绿水人家绕"（《蝶恋花》），因"青杏"尚小，所写则当是春日之景了。青杏既可作为水果单独品尝，亦可作为煮酒、佐酒之物，作者所选的这一处饮酒的场所，可谓极妙。宋代小词，从花间词中脱化而来，在洗去了其秾艳之色和脂粉之气的同时，却在很大程度上继承了其花边遣兴、酒边娱情的文体功能。秦观的这首小词首句即以饮酒开场，正证明了词本是“樽边之物”。这可以看作是秦词“秉持传统文体观念”的第一点表现。

明了了本词的写作时间大约在春夏之交，下一句的出现，便是自然而然。“佳人初试薄罗裳”，正因季节变换，天气日暖，故佳人需要换上轻薄的夏装。“柳丝无力燕飞忙”，柳丝无力，说明无风，至此，我们似乎已隐隐感受到了几分夏日的慵懒。

过片“乍雨乍晴花易老，闲愁闲闷日偏长”句，是全词之眼，最为人称道。徐渭曾评此二句，称其“浅淡中伤春无限”。而《草堂诗余》正集卷一亦有评语指出此句用字之妙：“‘隙月窥人小’‘天涯一点青山小’‘一夜青山老’，俱妙在叶字。‘乍雨乍晴’句，妙不在叶字，而在‘乍’字。”(参徐培均校注《淮海居士长短句》)“乍雨乍晴”，不仅写出了刚换季时天气的不稳定，亦折射出人物心情的烦乱。而除去用字，细究此两句的脉络，亦颇显匠心。上句“花易老”，是说岁月催人，青春芳华容易流去，而下句偏对以“日偏长”，生命短暂，但却觉得眼前的时光是如此漫长，这一短一长，更加突显出主人公心中的忧烦苦闷。从南唐的冯延巳、李璟开始，诗人们便喜欢用词这种形式来表现所谓的“闲愁”，至北宋的晏殊，这类表现“闲愁”的词有了更大的发展。秦观此词亦是书写“闲愁”，实际上是继承了冯延巳、晏殊等人的传统，这可以看作是秦词“秉持传统文体观念”的第二点表现。

末句，“为谁消瘦减容光”。“减容光”的到底是谁？是“佳人”，还是作者？从逻辑上讲，二者皆可说通。而到底是谁，则取决于读者在读本词之初时所作的“情境假设”。在本词中，作者可以作为抒情主人公出场，但同时，本词亦可被理解为是一首纯粹的代言性作品。如果本篇作者真的是在

【鉴赏】

代“佳人”而言，那么，他便没有了出场的必要。从追求上下两片对称性这一角度出发，本文作者倾向于将“减容光”者理解成是上文提到的“佳人”。最末这一句，有人将其和柳永的“衣带渐宽终不悔，为伊消得人憔悴”(《蝶恋花》)并举，说其“有异曲同工”之妙。从所表达的情感上来说，这二句或许有相似之处，都是说的对某个人的眷念，但从修辞层面来说，此说却显然不能成立。盖本词之结，在于委婉含蓄，求的是余韵曲包，而柳词之结，则在于明白果决，求的是深情有力。追求的审美效果不同，自然造成写作笔法上的差异，二者正不可同日而语。《御选历代诗余》卷一百十五曾引陈师道语：“今代词手，惟秦七黄九耳，余人不逮也。词家以秦黄并称，秦能为曼声以合律，形容处，亦少刻肌入骨语。”能“曼声以合律”，不为“刻肌入骨语”，习惯使用隐约深婉的笔调来含蓄地书写其对于生命、爱情，以至世事无常的种种感慨，这可以看作是秦词“继承传统文体观念”的第三点表现。

秦观所处的时代，正是词体和词风发生重大分化演进的时期。柳永的长调、苏轼的豪放词，纷纷登上文学史的舞台。但他却更多地秉承了从李璟、冯延巳、晏殊、欧阳修等人一脉传承下来的婉约词的写作习惯。就坚守传统的角度而论，少游的词其实比东坡的词更为“正宗”，这一点，就是连东坡本人亦是承认的。其实不仅是在宋初，即使是在北宋的中后期的词人中，但凡是被冠以“婉约”头衔的词人，比如周邦彦和李清照，亦多存在作品相互混淆的现象。这似乎说明，在“婉约”一系的词人中，“传统”的力量显得更为强大。词中的小令，恰如诗中的绝句，其风格通常都是比较固定的，受时代的影响似乎也比其他诗体为小。这种风格上的“通约性”，固然容易造成作品归属权上的混乱，但也为我们认识文学传统的“基质层面”提供了机遇。对此感兴趣的读者，宜稍留意之。

（刘竞飞）

阮郎归[1]

春风吹雨绕残枝，落花无可飞。小池寒渌欲生漪，雨晴还日西。　帘半卷，燕双归，讳愁无奈眉。翻身[2]整顿着残棋，沉吟应劫[3]迟。

〔注〕 ① 此词一说为南宋无名氏所作。 ② 翻身：转身。 ③ 应劫：劫，围棋术语。包括对局双方从开劫、提劫、找劫、应劫、再提劫，直至劫最后解消的整个过程。一方为了把“劫”反提过来，在棋盘它处落子，另一方也采取相对的应着，称为“应劫”。

这是一首伤春词，上阕写雨后春残日暮，下阕写女主人公愁情难遣。

起句从春雨落花写起，奠下全词低沉徘徊、哀婉掩抑的基调。春风吹雨，可见风力不小。绕残枝，花枝已残，而风雨还不肯干休，还要环绕着它，想要进一步把它摧残。“绕”字，写出雨横风狂、纠缠蹂躏之可恨。次句写落花被风雨摧残，残红狼藉，沾泥不起。花谢花飞已是愁苦，何况落花被无情风雨陷于泥淖之中，竟“无可飞”呢？两句之间，数度沉抑，使人情绪亦如落花沾泥，颠仆不起。

三、四句写一池春水寒冷清澈，涟漪将生，而此时雨过天晴，夕阳西下。渌，清澈的意思。姜夔《以“长歌意无极，好为老夫听”为韵奉别沔鄂亲友》诗：“春风桃花溪，寒渌绕苍翠。”用寒渌形容春水亦无不可，但此处更有风雨弄晴、日暮天寒之意。欲生漪，就是还未生漪，可见风停雨住，逗出其下“雨晴”句。雨过天晴，本来正当振奋之时，奈何太阳刚一出来就已西坠。

【鉴赏】

"夕阳无限好，只是近黄昏。"（唐李商隐《乐游原》）将甫因雨晴而扬起的情绪再度压下。落花入泥，难以重开，白日西沉，几时复归？

到此，上阕所描写的春景算是惨淡到了极处，气氛也是压抑到了极处。风绕残枝，雨陷落花，寒水不波，夕阳西下。触目所见，无处不凄凉冷落，为下阕言愁蓄势。

下阕由景转人。"帘半卷"三句，句句递进。女主人公半卷门帘，所以双燕得隙归来，因为双燕归来，所以她更加愁苦。她极力掩饰，却无奈眉头颦蹙，泄露愁肠。春景惨淡，女主人公却仍留了一半帘子，可见有所待。而双燕归来，使她愁苦更盛。双燕绾合上阕的落花，恰似晏殊《浣溪沙》词："无可奈何花落去，似曾相识燕归来。"本来就平添一份韶华暗换、物是人非之愁，更何况雨后泥润，正是燕子衔泥筑巢、欢喜双飞之时。双燕落在女主人公眼中，更增一份凄苦。"谁能对双燕，暝暝守空床？"（南朝梁刘孝绰《春宵》诗）愁而不愿言愁，更见其愁之幽深。为何讳愁？也许是因为言愁无用，"而今识尽愁滋味，欲说还休"（南宋辛弃疾《丑奴儿》）；也许是因为不欲人知，"怕人寻问，咽泪装欢"（南宋唐婉《钗头凤》）。无论如何讳言，女主人公的目的并没有达到，愁不可讳，到底还是"眉间心上，无计相回避"（北宋范仲淹《御街行》）。

"翻身"二句紧接"讳愁"。因为不愿沉溺在忧愁之中，所以女主人公转身整理残棋，想要排遣纷乱的愁绪，可是她的努力又一次失败了。因为心事重重，她迟迟不能落子。"翻身"和"沉吟"形成强烈对比，翻身的动作是干脆利落的，沉吟却是犹犹豫豫，迟疑不决。两个对比鲜明的动作，生动刻画出了女主人公坐困愁城、愁情难遣的情态。

上阕写景，下阕写人，两者不仅有前者为后者铺垫环境、烘托气氛的关系，还有彼此对照、互相呼应的关系。上阕前半"春风吹雨绕残枝，落花无可飞"之景，落花在风雨中苦苦挣扎，象征着女主人公的心灵在愁绪中挣扎，落花“无可”飞，而女主人公讳愁“无奈”眉，是同一种无可奈何的悲哀。上阕后半与下阕后半同样有个扬抑的过程。“雨晴”是扬，“还日西”忽然一抑；“翻身整顿”是扬，“沉吟应劫迟”则是抑。一扬一抑，使读者的情绪随之忽悲忽喜。此词虽短，却写得针线细密，颇有章法，格局不俗。

（孔燕妮）

眼儿媚[①]

楼上黄昏杏花寒，斜月小栏干。一双燕子，两行征雁，画角[②]声残。　绮窗[③]人在东风里，洒泪对春闲。也应似旧，盈盈秋水，淡淡春山[④]。

〔注〕 ① 此词一说为北宋阮阅作。 ② 画角：指有彩绘的号角，形如竹筒，以竹木或皮革制成，一般为军中所用，古代城楼也在黎明和黄昏时分吹号角报时，其声高亢哀厉。 ③ 绮窗：指雕刻着花纹的窗子。 ④ 秋水春山：形容女子眼如秋水，眉若春山。

这是一首春日相思词，词人思念意中人，然后设想从意中人的角度思念自己，两相对应，饶有情趣。上阕首句点明时令与地点，第二句写出词人的动作。在早春二月的一个黄昏，词人登上小楼，倚栏而望，当时杏花正开，斜月初上，风吹杏花，词人自己也不禁感到春寒料峭。说“杏花寒”，则有风可想而知，也为下文设想对方“人在东风里”伏笔。南唐冯延巳《抛球乐》词：“风入罗衣贴体寒。”可做春寒之注脚。

“一双”三句进一步描写词人望中所见。词人看见了一双上下翩飞的燕子、两行远程归来的大雁，听到黄昏时分凄厉高亢的画角声。诗词中常用画角来暗示时间流逝，“画角声断谯门”（秦观《满庭芳》），“画角悠悠送夕阳”（北宋李之仪《南乡子》），等等。画角声残，可见词人倚栏不止一时。春天燕雁归来，成双作对，而词人和意中人却相隔两地，无由并肩携手，共赏杏花斜月。独上层楼，暮色苍茫，此情此景，怎不令人伤怀？首句之“寒”，末句之“残”，都透露出这种寂寞孤冷之情、失望感伤之意。画角声残，一日将尽，正如昔日相恋相伴的美好时光，也在回忆中渐渐消残。

下阕摹想意中人此时情态，设想她这时候也在伤春怀远。因为自己春愁相思，所以设想对方的春愁相思。她想必也在绮窗之下，独立东风，满怀愁绪，伤春洒泪。“绮窗”与上文之“栏干”构成呼应。或倚栏，或倚窗，人则两地，情则一种。宋词中常用绮窗人来代指相恋的女子，如周邦彦《塞垣春》：“追念绮窗人，天然自、风韵娴雅。”韩元吉《永遇乐·为张安国赋》词：“记得年时，绮窗人去，尚有唾茸遗线。”春闲，原指春日闲暇，此处指春日所见之景。杏花斜月，一双燕子，两行征雁，词人所见之春景，想必也有绮窗人为之洒泪。

“也应”三句，词人悬想意中人的模样，她应该还和旧时一样吧，眼如秋水，眉若春山。“也应”虚字提神，“也应似旧”，有悬揣其难以似旧之意。既然在东风中洒泪，如何还能眉眼似旧？她是不是也在望穿盈盈秋水，蹙损淡淡春山？这里有一种矛盾的心理：既希望意中人和自己思念她一样思念自己，又担心她因为相思愁怨而憔悴瘦损，思来想去，到底还是希望她能容颜如旧，美貌依然。以悬揣之语，藏温柔之情，不仅设想对方，更为对方着想，可谓用心良苦，足见相思之厚。

因自己思念对方，所以设想对方也思念自己，比直写自己思念对方更加曲折委婉，也更见相思之深。这种写法早已有之。杜甫《月夜》诗：“今夜鄜州月，闺中只独看。遥怜小儿女，未解忆长安。香雾云鬟湿，清辉玉臂寒。何时倚虚幌，双照泪痕干。”韦庄《浣溪沙》词：“夜夜相思更漏残，伤心明月凭阑干。想君思我锦衾寒。”柳永《八声甘州》词：“想佳人，妆楼颙望，误几回、天际识归舟。争知我，倚栏杆处，正恁凝愁！”都是这种艺术手法的先例。

全词虚实互见，上阕写词人所听所见，下阕写意中人所思所感，两者互为补充，互为印证。词人察觉“杏花寒”，意中人就在“东风里”；词人在“栏干”边，意中人就在“绮窗”下；词人感伤于“一双燕子，两行征雁”，意中人就“洒泪对春闲”，彼此勾连照应，共同构成了一幅春日相思图。上下阕歇拍处都用了一个对偶句，前者实写，后者虚写，不乏对应之意。“一双燕子，两行征雁”，反衬词人之孤单；“盈盈秋水，淡淡春山”，暗指两人之遥远。且“一双燕子，两行征雁”是一二句对偶，缀一单句“画角声残”，“盈盈秋水，淡淡春山”是二三句对偶，跟一单句“也应似旧”，在章法上也形成呼应，使全词的映照平衡之感更加突出。

（孔燕妮）

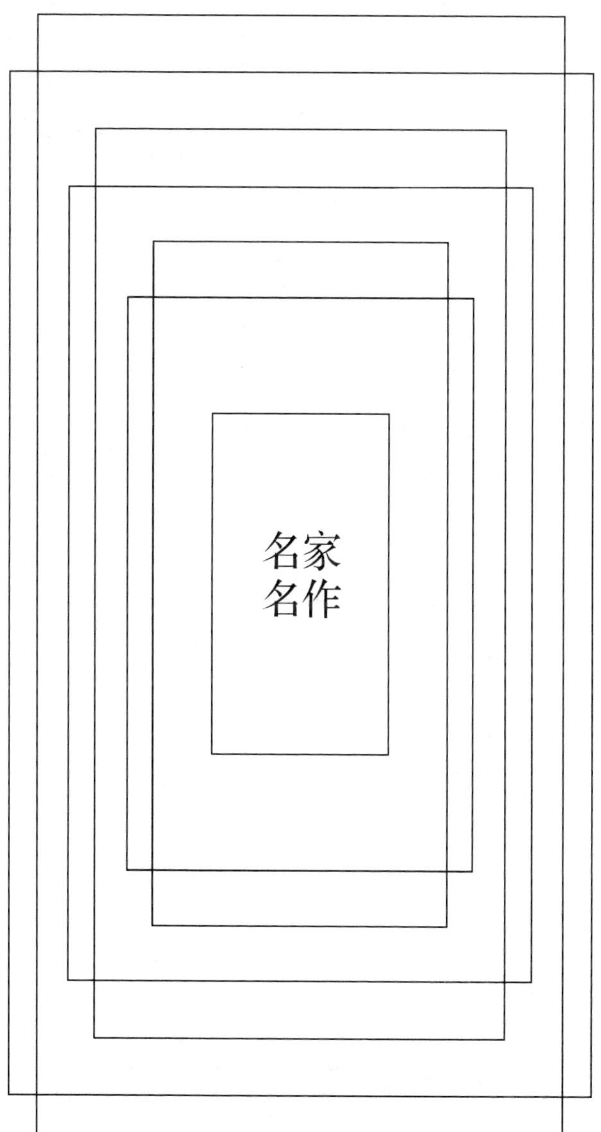

缪钺 程千帆 周汝昌 叶嘉莹 沈祖棻等撰写

【诗】

【原文】

赠女冠畅师[1]

瞳人剪水腰如束,[2] 一幅乌纱裹寒玉。[3]
飘然自有姑射姿, 回看粉黛皆尘俗。
雾阁云窗人莫窥, 门前车马任东西。
礼罢晓坛春日静,[4] 落红满地乳鸦啼。

〔注〕 ① 无名氏《桐江诗话·畅道姑》曾谈到此诗的创作动机:“畅姓,唯汝南有之。其族尤奉道,男女为黄冠者十之八九。时有女冠畅道姑,姿色妍丽,神仙中人也。少游挑之不得,乃作诗云……”这传说虽未可尽信,但有助于理解此诗。 ② 瞳人剪水:李贺《唐儿歌》:“一双瞳人剪秋水。” ③ 寒玉:比喻畅道姑容貌清俊。 ④ 坛:祭祷的场所。

此诗题赠一位姓畅的道姑。“女冠”即女道士,“师”是对道士的尊称。

一、二句实写畅道姑的美貌。她眼波清澈,身段窈窕,容貌清俊,这三者当然能显示一个青年女性的美,却没有表现出多少特色;而当诗人为她配置上“一幅乌纱”——一幅青布道巾,畅道姑顿时显得别具风韵。“乌纱”是道姑特有的装束,于是其道姑身份就不言自明。而且由“乌纱”“寒玉”这类形象构成的冷色调的意境,使读者感到,这位女道士既和一般粉白黛绿的美女不同,也和韩愈《华山女》所写的“洗妆拭面著冠帔,白咽红颊长眉青”的风流女道士有异。刻画人物能写出这种不可移易的特点,表现了艺术家的匠心。

“飘然自有姑射姿”,其意思颇近于白居易《长恨歌》描写杨贵妃时所说的“天生丽质”，但不说“丽质”而说“姑射姿”，又着以“飘然”二字，所表现的意境便大不相同：一凡俗，而一有仙气。“姑射姿”即神仙姿，语出《庄子·逍遥游》“藐姑射之山有神人居焉，肌肤若冰雪，绰约若处子”，为读者展开一片虚无缥缈的神仙世界，正切合此女子的道姑身份。这样，畅道姑就不再厕身人间，而是超然立于神仙之境了。惟其如此，下句的“回看”就是来自神仙世界的对整个人间的扫视；而所见人间粉黛（借指美女），当然是“皆尘俗”。一个“皆”字表明毫无例外，同时也显示出，只有畅道姑的美，才达到了超凡脱俗的境地。诗到这里，她的美貌、她的仙气，栩栩如生，无须再赞以他词了。

下半首转向人物精神世界的刻画。“云窗”指畅道姑住所。“雾阁云窗人莫窥”，其实只是说她的居于深院，别人轻易看不见她。但出之以暗喻，既借此造成一种迷离惝恍的意境，又觉含蓄有味。这一句是从客观环境表现人物不与红尘相接的一面。“门前”句则从其心境超脱上进一步写，她即使身近红尘，亦可心游其外。陶渊明《饮酒》第五首云：“结庐在人境，而无车马喧，问君何能尔，心远地自偏。”秦观化用其意。曰“门前”，可见距离之近；曰“东西”，可见往返之频。“门前车马”，“东西”往返，就中该有多少游春的公子！而这些，恰恰是畅道姑亲眼所见，亲耳所闻。她的反应如何呢？回答是：“任东西。”“任”字下得有力。喧者自喧，寂者自寂，畅道姑不为所动。这正是“心远地自偏”！

畅道姑既如此真心诚意地忘情尘俗，潜心奉道，诗人就按照这一逻辑，点出她“礼晓坛”的细节；但不再展开，而是着一“罢”字，跳了过去，然后集中笔墨描写畅道姑活动的背景：“春日静”。这是别具深意的。

这确实是一个宁静的春日。落红满地，啼鸟鸣啭。而畅道姑不为所动，任其自落自啼，人物与景物的这种关系是很值得寻味的。秦观《千秋岁》云：“花影乱，莺声碎。……春去也，飞红万点愁如海。”花落鸟啼的暮春

【原文】

景色总易触发流光易逝的悲慨，尤其是青年女子，更易产生青春虚度的痛苦和叹息。但畅道姑却别具一种情怀。她真诚奉道，从未因韶华的凋零而产生过惆怅之情，她坦然，她宁静，所以花落鸟啼在她眼里不过是寻常景色，引不起感情的波澜。她照常全神贯注地焚香祭祷。暮春尚且如此，其他季节更不言而喻了。“落红满地乳鸦啼”，以景结情，隽永有味。

（陈文新）

秋日三首（其一、其二）

霜落邗沟积水清，　　寒星无数傍船明。
菰蒲深处疑无地，　　忽有人家笑语声。

月团新碾瀹花瓷，　　饮罢呼儿课《楚词》。
风定小轩无落叶，　　青虫相对吐秋丝。

秦观是扬州高邮人。扬州在长江之北，由这里流经高邮至淮安的一段运河——邗沟（又名邗江），给自然风光增色。秦观别号邗沟居士即因此而起。邗沟在宋代属淮东路的高邮军。这是秦观描写家乡秋景的组诗的一、二两首。他选取船上和家中情景分别进行艺术概括，于是邗沟一带的泽国风光和亭园雅趣，都生动、细腻地从纸面浮现出来。

第一首表现邗沟附近的水乡夜色。微霜已降，秋水方清，诗人乘船经过运河，习习凉风，吹来清新空气，很觉爽快。这时没有月光，只见满天星斗。诗人陶醉在迷人的秋江夜色之中，环顾四周，寒星万颗，映照水中，倍感亲切。一、二句由霜寒二字领起，不消点出“秋”字，而题意自在其中。

三、四句赞美环境幽寂。邗沟两岸丛生着菰蒲一类水生植物，在夜色朦胧中，给人以一望无际的感觉。菰蒲深处居然隐藏人家，诗人完全没有料到。不过，这种艺术处理，只适宜于若明若暗、唯见星光的秋江之夜，如果换成月夜和白天，就不一定恰切。本联妙在使用了“疑”“忽”二字。诗人心中正结着一个菰蒲深处有无藏舟之“地”的“疑”团。忽然几声“笑语”，方知岸上还有“人家”，疑团顿时解开。这种情景，人们在生活中往往会遇到，优秀的诗人却能通过艺术作品把它捕捉下来。宋人曾说此联和僧道潜的“隔林仿佛闻机杼，知有人家住翠微”(《东园》)，都来自白道猷的“茅茨隐不见，鸡鸣知有人”，而“更加锻炼”(《庚溪诗话》)。诗人们各自写出了生活中的类似体验，但秦观此联却显得更灵动，因而受到黄山谷的称赏。

第二首描写家庭生活中的闲适情趣。一、二句写碾茶瀹(烹)茗、课儿读书两件家庭琐事。月团(茶饼)新碾，花瓷为杯，茶美而器精，说明诗人很通茶道。饮罢呼儿课诵《楚词》，更见教子有方。他与把酒色财气作为生活必需的腐败官僚，是大为不同的。

三、四句则突出了静观万物的逸趣闲情。小轩风定，树梢处于暂时静止状态，连一片枯叶也不见掉落。这可给了青虫以好机会，相对吐丝，好不自在。青虫乃细小生物，吐丝是轻微动作，但诗人却能仔细进行观察，他对昆虫世界的浓厚兴趣，对人世纷扰的淡泊情怀，都是可想而知的。诗人迷醉在青虫吐丝的小天地中，仿佛回到了儿童时代，简直忘掉了荣辱得失。这种情趣，是眼中唯见财与势的俗物所无法理解的。这样，诗人的超逸情怀，无形中便从纸背反透出来。方回说秦观“古诗多学三谢，而流丽之中有淡泊”，并举了此诗，当亦属于有“三谢余味”之作。

两诗都写秋日，而内容各别：一夜间，一白日；一船中，一家里。写法更是各尽其妙。前者描写朦胧的秋江夜色：先勾勒秋江上有星无月的夜景，接着借人家笑语声的音响效果，暗示菰蒲中还藏有人家。这声音在画面上虽无法表现，但诗人通过解释疑团的方法，把绘画与音乐结合起来，便给这幅秋江夜色图配上了画外音。人家笑语之声，衬托出夜色的朦胧，全诗就更富诗味。后者描写诗人的闲逸雅趣：品茶课儿，已经够雅了；而遗忘世事，在风停树静之时观赏小虫对吐秋丝，更见出诗人胸襟的恬淡。小虫吐丝的细节，不仅给人以动中有静的印象，诗人体物入微的生活乐趣，也无形中表现了出来。

两诗一尚宏观，一尚微观，大小映带成趣。它们写的都是琐细的生活题材，虽看不出什么社会意义，却都以观察细致入微见称，语言也“清新妩丽”（王安石评秦观诗语）。

（陶道恕）

纳　凉

携杖来追柳外凉，　画桥南畔倚胡床。
月明船笛参差起，　风定池莲自在香。

这首诗的首句就点明题意：“携杖来追柳外凉”。人们看到的，是诗人携杖出户，来到柳外追寻清凉世界的情景。这句连用“携”“来”“追”三个动词，把诗人携杖出户后的动作，分出层次加以表现。其中“追”字更是曲折、含蓄地传达出诗人追寻理想中的纳凉胜处的内在感情，实自杜甫《羌村三首》“忆昔好追凉”句点化而成。这样，诗人急于从火海中解脱出来的情怀，通过一系列动作，就自然而然地表现出来。

次句具体指出了柳外纳凉地方的方位和临时的布置:“画桥南畔倚胡床。”这是一个绿柳成行,位于“画桥南畔”的佳处。诗人选好了目的地,安上胡床,依“倚”其上,尽情领略纳凉的况味。在诗人看来,这也可算“最是人间佳绝处”(《睡足轩》)了。胡床,即交椅,可躺卧。陶潜“倚南窗以寄傲”(《归去来兮辞》),是为了远离尘俗;秦观“倚胡床”以“追凉”,是为了驱解烦热,都是对美好生活的一种向往,他们或多或少是有相通之处的。

一、二两句写仔细寻觅纳凉胜地,三、四两句则展开了对它的美妙景色的描绘:“月明船笛参差起,风定池莲自在香。”月明之夜,船家儿女吹着短笛,笛声参差而起,在水面萦绕不绝。晚风初定,池中莲花盛开,自在幽香不时散溢,真是沁人心脾。诗人闲倚胡床,怡神闭目,不只感官上得到满足,连心境也分外舒适。这两句采取了对偶句式,把纳凉时的具体感受艺术地组合起来,于是,一个纳凉胜地的自然景色,就活现在读者面前。

此诗以纳凉为题,诗中着力表现的是一个绝离烦热之处。诗人首先经过寻访,发现了这个处所的秘密,其次进行具体布置,置身其间,与外境融而为一,把思想感情寄托在另外一个“自清凉无汗”的世界。

宋人吕本中曾在《童蒙诗训》中评论“少游此诗闲雅严重”(《诗林广记》引)。“闲雅”当指此诗词语上的特点而言,“严重”则涉及此诗严肃而郑重的内容。它很可能是秦观在仕途遭到挫折后的作品。

《纳凉》是一首描写景物的短诗。从字面上看,可说没有反映什么社会生活内容。但是,透过诗句的表面,却能隐约地看出:诗人渴望远离的是炙手可热的官场社会,这就是他刻意追求一个理想中的清凉世界的原因。秦观是一个有用世之志的诗人。他对官场的奔竞倾夺表示厌弃,力求远避,此诗表达的就是这种感情。这种把创作意图隐藏在诗句背后的写法,应着意体会。

(陶道恕)

【原文】

春日五首(其一)

一夕轻雷落万丝，　　霁光浮瓦碧参差。
有情芍药含春泪，　　无力蔷薇卧晓枝。

这首七绝,以运思绵密、描摹传神见长。

春日大地,经过一夜细雨的滋润,春色更浓,各种花卉草木,千姿百态,穷丽极妍。对这特有的自然美,诗人没有作全面描摹,而是把镜头的焦点对准了庭园一角,摄下了一幅雨过初晴的精巧画面:琉璃瓦,浮光闪闪,犹如碧玉。那一株株芍药花,灿然盛开,由于水珠的重压,似在含泪欲泣,显得凄艳欲绝。蔷薇攀附着其他树枝,如佳人娇卧无力,百媚自生。在这里,有远景有近景,有动有静,有情有姿,随意点染,参差错落,描写生动细腻而又轻柔;在意境上以"春愁"统摄全篇,但通篇不露一"愁"字,读者则可以从芍药、蔷薇的情态中领悟到。

这首绝句,对自然景物不是一般的客观临摹,而是赋予人的情态,收到了情景相生的艺术效果。一夜细雨的沾润,娇嫩的花草已经感到承受不了。一个"含"字,一个"卧"字,不仅刻画了芍药、蔷薇经雨后的娇弱状态,传出了它们的愁绪,就连诗人的惜花之情,也都包孕在其中了。和风细雨尚且如此,狂风骤雨又将如何呢?芍药亭亭玉立,故有"含春泪"之态;蔷薇攀枝蔓延,故有"无力卧"之状。由于作者完全把握住了事物的不同特征和内在精神,因此状物能够传神。

诗的另一个特色是,用字精警,生动准确。"春""晓"二字,粗一看来,并没有什么特别之处，只是点明季节、时辰。但细细体味，正好渲染出此刻宁静的气氛，烘托了景物，使全诗更富有浓郁的诗情画意。同时，每句一个动词，用得极为巧妙。其中“落万丝”是全诗的脉络，对互不联系的景象：浮光，含泪，卧枝，起了纽带作用，使有轨辙可寻，脉断峰连，浑然一体。“浮”“含”“卧”三字，以实证虚，使读者更能体味到“落万丝”的情景。

此诗写得情思绵绵，百媚千娇，因此南宋敖陶孙评论道：“如时女步春，终伤婉弱。”（《诗人玉屑》引）金代元好问也说：“‘有情芍药含春泪，无力蔷薇卧晚枝’拈出退之山石句，始知渠是女郎诗。”（《论诗绝句三十首》）不过，这首写景小诗自具一种清新、婉丽的韵味，十分受人喜爱，原因在于体物入微而又融情入景。

（冯海荣）

次韵太守向公登楼眺望二首

茫茫汝水抱城根，　野色偷春入烧痕。
千点湘妃枝上泪，　一声杜宇水边魂。
遥怜鸿隙陂穿路，　尚想元和贼负恩。
粉堞女墙都已尽，　恍如陶侃梦天门。

庖烟起处认孤村，　天色清寒不见痕。
车网湖边梅溅泪，　壶公祠畔月销魂。
封疆尽是春秋国，　庙食多怀将相恩。
试问李斯长叹后，　谁牵黄犬出东门？

【鉴赏】

这是哲宗元祐二年(1087)秦观任蔡州(治所在今河南汝南)教授时之作。"太守向公",据《桐江诗话》云即"郡将向宗回团练"(《苕溪渔隐丛话·前集》《诗人玉屑》引)。向公有"登城诗",秦观"次韵两篇"。组诗描述蔡州的地理、历史概况,表现了作者关怀人民生活的思想感情,是秦观七律中的两首名作。

蔡州州治所在的汝南,汝水流经城旁。诗人在《汝水涨溢说》一文里说:"汝南风物甚美"而"水潦为患",入夏以后,"道路化为陂波","城堞危险,湿气熏蒸","岁岁如此"。文中所作介绍,对了解此诗写作背景,甚有帮助。诗人在郡守登城眺望时,由郡城地理形势、眼前景物生发出有关历史与现实的感叹,很能发人深省。

第一首开头两句是汝南人民水灾后重建家园的生活写实。汝水"抱城"奔流的势头和火种田中的"烧痕"换新绿的场景,告诉人们:春色被"偷"到人间,人们正在为重新安排自己的生活而努力。三、四句把眼前景物与灾情回忆结合起来。"湘妃泪""杜宇魂",借用虞舜二妃泪染斑竹和蜀王杜宇魂化子规的典故,喻指灾区人民家散人亡、拉泪招魂的凄惨情状。诗人眼中见到的修竹影,耳边听到的子规声,唤起他对灾民的深切同情。千万点血泪,一声声杜宇叫,汝南人民遭受洪灾,无家可归,惨不忍睹的镜头,仿佛就在眼前。五、六句回顾了造成水灾的历史根源:汉、唐两代留下的隐患和祸根。前句指西汉末年翟方进为相,奏废汝南水利工程之一的鸿隙陂,从此"水无归宿",经常为害。下句指唐宪宗元和年间,吴元济割据蔡州等地,对抗李唐王朝,擅改汝水故道,虽为李愬讨平,却贻祸无穷。这些往事,追想起来,都是令人哀伤愤慨的。七、八句说城堞倾圮已尽,希望太守重加治理。《晋书·陶侃传》有陶侃"少时梦生八翼而上天门",后来"位至八州都督"的传说,诗人以陶拟向,祝愿他像陶侃那样,为巩固赵宋王朝而效力。

【鉴赏】

第二首开头两句展开了一幅郊野萧条景象的素描：炊烟袅袅，郊野的孤村，依稀可辨；天色清寒，村舍的痕影，一点也看不见。洪水给汝南人民带来的后果，还未消除。三、四句写汝南两个名胜车网湖和壶公祠的傍晚景色。湖边梅花盛开，祠畔明月初上，风景本很迷人，但去年的灾情，记忆犹新，前村的景象，宛然在目，不禁触景伤情，泪溅魂销。这景况和诗人同时之作"风将沉燎萦歌扇，雪带梅香上舞衣"（《次韵裴秀才上太守向公二首》），风格迥然不同。五、六句说汝南是一个历史悠久、人才辈出的古城。早在春秋时代，它就是蔡、沈等国的封地，颇多"先贤"，人们立庙祭祀以示追怀"恩"泽。七、八句则从另一角度指出：历史上蔡州也有秦代李斯（上蔡人，上蔡宋属蔡州）这样的人物，他官至丞相，却终遭杀戮之祸。诗人以提问口气，把李斯临刑时"牵黄犬出上蔡东门"的"长叹"反说出来（《史记·李斯列传》），意在从他身上引出经验教训。

这组诗表现了汝南的地理历史概况，却各具特点。第一首追溯汝南水灾的历史，重在探索造成水灾的政治、军事原因。第二首考查汝南的历史和名人，意在提供效法和借鉴的对象。第一首上半部分写人民重建家园的辛勤劳动和水患带来的严重后果，下半部分指斥汉、唐两朝当国宰相和乱臣贼子的所作所为，对现任太守寄予了希望。第二首上半部分写水灾之后的情景，下半部分由蔡州在春秋时代已是封疆之国和恩泽在民的将相庙食依然，看出这里民风淳朴，并引李斯之事为戒。这对现任太守也有讽劝作用。诗人从国家利益着眼，向地方长官有所建白，对人民生活表示关切，是应该受到肯定的。

两诗在艺术表现上有相似之处，由于突出了不同的内容而表现出各自的特色。第一首的"茫茫"二句写汝水抱城奔流，春色偷入烧痕；第二首"庖烟"二句写庖烟遥认孤村，天寒未见人影，诗人主要借助"烧痕""庖烟"四字于无人处写出人来。而"偷""认"二字，从诗人眼中发现、辨认，尤为传神。

【原文】

第一首“千点”二句和第二首“车网”二句都是假物寓人，借景抒情，也于无人处写出人来。它们既有烘托前两句的作用，也能增强对读者的感染力。第一首的“遥怜”二句，由汉代的昏庸宰相说到唐代的乱臣贼子，第二首的“封疆”二句，由春秋的封国说到庙食的将相，也是句句有人。回顾汝南历史，一正一反，给人不少启示。而一、二两首末句“陶侃梦天门”的祝愿与李斯“牵黄犬”的“长叹”，指名道姓，对照明显。同是写人，前者无形，后者有形，诗人的同情显然在前者。而将相之所以至今血食，是因为恩及于民，劝勉向太守之意自在言外。

秦观是小小的教官，向太守曾多次请他代撰祀境内诸神的文字，可见对他是尊重的。在郡守登楼眺望时，他的次韵之作，咏史悯时，发了很多感慨。这组诗能摆脱一般“次韵”诗的窠臼，所以成为两首名作。

（陶道恕）

泗州东城晚望

渺渺孤城白水环，　　舳舻人语夕霏间。
林梢一抹青如画，　　应是淮流转处山。

这是一首写景诗。画面的主色调既不是令人目眩的大红大紫，也不是教人感伤的蒙蒙灰色，而是在白水、青山之上蒙上一层薄薄的雾霭，诗人从而抓住了夕阳西下之后的景色特点，造成了一种朦胧而不虚幻、恬淡而不寂寞的境界。这种境界与诗人当时的心境是一致的，正如刘勰在《文心雕龙·物色》篇中所说：“山沓水匝，树杂云合，目既往返，心亦吐纳。”

【鉴赏】

据《元和郡县志》记载，唐代开元年间，泗州城自宿迁县移治临淮（在今江苏盱眙西北）。宋代仍其旧。北宋乐史的《太平寰宇记》说，泗州南至淮水一里，与盱眙分界。到了清代康熙年间，州城陷入洪泽湖。诗人当时站在泗州城楼上，俯视远眺，只见烟霭笼罩之下，波光粼粼的淮河像一条蜿蜒的白带，绕过屹立的泗州城，静静地流向远方；河上白帆点点，船上人语依稀；稍远处是一片丛林，而林梢的尽头，有一抹淡淡的青色，那是淮河转弯处的山峦。

前两句着重写水。用了"渺渺"二字，既扣住了题目中"晚望"二字，又与后一句的"夕霏"呼应，然后托出淮水如带，同孤城屹立相映衬，构成了画面上动和静、纵和横的对比。舳舻的原意是船尾和船头，在这里指淮河上的行船。诗人似乎是嫌全诗还缺少诉诸听觉之物，所以特意点出"人语"二字。这里的人语，不是嘈杂，不是喧哗，而是远远飘来的、若断若续的人语。它既使全诗的气氛不至于沉闷，又使境界更为静谧。唐代诗人卢纶《晚次鄂州》诗云："舟人夜语觉潮生"，似为"舳舻"句所本。

三、四两句着重写山。在前一句中，诗人不从"山"字落笔，而是写出林后天际的一抹青色，暗示了远处的山峦。描写山水风景的绝句，由于篇幅短小，最忌平铺直叙，一览无余，前人因此这样总结绝句的创作经验："绝句之法要婉曲回环。"（元人杨载《诗法家数》）对此中"三昧"，诗人深有体会。在他笔下，树林不过是陪衬，山峦才是主体，但这位"主角"姗姗来迟，直到终场时才出现。诗的最后一句既回答了前一句的暗示，又自成一幅渺渺白水绕青山的画面，至于此山本身如何，则不加申说，留待读者去想象，这正符合前人所谓"句绝而意不绝"（同上）的要求。

秦观以词名世，他的诗风清新婉丽，和词风颇为接近，所以前人有"诗如词""诗似小词"的评语。就此诗而言，"渺渺孤城白水环"之于"斜阳外，寒鸦万点，流水绕孤村"，"林梢一抹"之于"山抹微云"，"应是淮流转处山"

之于“郴江幸自绕郴山”，相通之处颇为明显。但此诗情调尚属明朗，没有秦观词中常见的那种凄迷的景色和缠绵的愁绪。

（王兴康）

金山晚眺

西津江口月初弦，　　水气昏昏上接天。
清渚白沙茫不辨，　　只应灯火是渔船。

金山是江南名胜，地处今江苏镇江西北。原在长江中，后因砂土堆积，到清末便与长江南岸相连。据宋人周必大说，此山大江环绕，每风起浪涌时，其势欲飞动，故南朝时人称“浮玉山”（见《杂志》）。唐时有裴姓头陀于江边拾得黄金数镒，因改名金山。

此诗前半部分是并列的两句，分写江上的明月和蒙蒙的水气。“西津”指西津渡，在镇江西北九里，与金山隔水相望，是当时南北交通要道。“初弦”又叫上弦。《释名》说：“弦，月半之名也，其形一旁曲，一旁直，若张弓弦也。”农历每月的初八、初九时，月亮缺上半，故称“上弦”。诗人站于金山之巅，西向遥望，只见一轮新月，悬于西津渡口之上；江上水气，非烟非雾，正冉冉升起，几与天接。烟水迷蒙，使皎皎明月也蒙上了一层淡淡的云翳。这两句明暗交错，上下相对，不仅使画面具有明显的层次，而且避免了色调上的不和谐。“西津江口”四字，既点明“晚眺”方向，又划定了所见景色的区域。“月初弦”三字也有双重功用，既是写景，又是记时。这种借星月在天空中位置移动和形状变化来点明时间的手法，古人诗中常用，远如曹植的《善哉行》云:“月没参横,北斗阑干”,近如唐刘方平的《夜月》诗云:“北斗阑干南斗斜”,机杼正自相同。

诗的后半部分是相对的两句。渚是水边的小块陆地,沙指沙滩。“清渚”“白沙”,则写出了月下之景。“清渚白沙茫不辨”是承前一句“水气昏昏上接天”而来。白天从金山眺望西津渡,对岸景物是可以看清的,唐代诗人张祜因有“树影中流见,钟声两岸闻”(《题金山寺》)之句;但此时既已入夜,又有水气,诗人眺望的结果只能是“茫不辨”了。“只应灯火是渔船”作一转折:尽管对岸清渚、白沙,望去茫茫一片,但透过水气,还能看到江上灯火,隐现明灭,诗人因此判断道:那一定是对岸的渔船了。诗人在这两句中运用了反接法,便使诗句显得摇曳生姿,别具风调,比前两句的平叙景色更引人入胜。元人刘壎在《隐居通议》中说:“作绝句,当如顾恺之啖蔗法,又当如饮建溪龙焙。”也就是说,绝句不能“虎头蛇尾”,而要“渐入佳境”。这首《金山晚眺》正体现了这一要求。

此诗脱胎于张祜的七绝《题金陵渡》:“金陵津渡小山楼,一宿行人自可愁。潮落夜江斜月里,两三星火是瓜洲。”只要稍加比较,就能看出秦诗至少在三个方面与张诗相同:一、时间和地点相同,都是写镇江江面的夜间景色;二、描写手法相同,一用“潮落”“斜月”来暗示时间的推移,一用“月初弦”来点明时间;三、境界相似,秦诗中的“只应灯火是渔船”显然是化用了张诗的“两三星火是瓜洲”以及张继《枫桥夜泊》中的“江枫渔火对愁眠”。由此可见秦观这首诗的渊源所自。但张祜诗中有人,且明写了诗人旅途无欢,触景生愁,秦诗则没有直接抒写诗人的怀抱,而是完全借景生情,这又是二者的同中之异。

（王兴康）

名家名作

缪钺 程千帆 周汝昌 叶嘉莹 沈祖棻等撰写

【文】

【原文】

《精骑集》序

予少时读书，一见辄能诵。暗疏[①]之，亦不甚失。然负此自放，喜从滑稽饮酒者游。旬朔之间[②]，把卷无几日。故虽有强记之力，而常废于不勤。

比数年来，颇发愤自惩艾，悔前所为；而聪明衰耗，殆不如曩时十一二。每阅一事，必寻绎数终[③]，掩卷茫然，辄复不省。故虽然有勤苦之劳，而常废于善忘。

嗟夫！败吾业者，常此二物[④]也。比读《齐史》，见孙搴答邢词[⑤]云："我精骑三千，足敌君羸卒数万。"心善其说，因取经、传、子、史事之可为文用者，得若干条，勒为若干卷，题曰《精骑集》云。

噫！少而不勤，无如之何矣。长而善忘，庶几以此补之。

〔注〕 ① 暗疏：默写。 ② 旬朔之间：指十天或一月之内。十日曰旬，每月初一曰朔，这里指代一个月。 ③ 寻绎数终：从头到尾翻寻数次。 ④ 二物：指上文所说的"不勤"与"善忘"。 ⑤ 孙搴答邢词：事见《北齐书·孙搴传》。孙搴字彦举，以文才著称，但学浅而行薄。邢邵曾对孙搴说："更须读书。"孙搴回答如本文所引。

这是秦观为自编的古文选本《精骑集》作的序。序文交代了编选的因由、选本的内容和题名的用意。作者自叙少时"有强记之力，而常废于不勤"，近数年来，颇为后悔，于是发愤以自惩戒，可是，"虽然有勤苦之劳，而常废于善忘"。为了弥补善忘之苦，他编辑了这个选本。内容选自经、传、

子、史，选文标准为"可为文用者"，题名《精骑集》是出于对北齐孙搴"我精骑三千，足敌君羸卒数万"一语的激赏。《精骑集》在当时是很有影响的选本。宋俞成《萤雪丛说》卷下说："东莱先生吕伯恭尝教学者作文之法，先看《精骑集》，次看《春秋权衡》，自然笔力雄朴，格致老成，每每出人一头地。"《精骑集》在明季犹存，可惜后来亡佚了，为集子所作的序，则因它所特具的迥异于一般书序的内蕴而得以流传至今。

在序文中，作者并未离开选本去发表什么高论，但在交代编辑缘起、选文来源和标准、题名用意的同时，提供了许多令人品味的东西，这就是从自己切身体会中概括出具有普遍意义的人生经验。年少时，过目成诵，于是自恃记忆力强而放纵自流，把读书的时间花到饮酒交游上。待知道发愤时，记忆力又已减退，即使比年少时勤苦，学习效果也不及年少时的十之一二。古往今来，有多少这样"少小不努力"的人，但能反躬自省的又有几个？年长而醒悟者，能以好的学习方法弥补少而不勤、长而善忘的毛病的就更少了。秦观则是其中的凤毛麟角。正视生活的规律，以主观的努力夺回逝去的年华，总结人生的经验，以启迪来者珍惜宝贵的青春，这正是秦观超出常人之处，也是这篇书序最值得品味的地方。从这个意义上说，我们也不妨把它当作漫话人生哲理的劝学篇来读。

全文不足二百字，但结构完整，层次井然。先叙少时有强记之力而又不勤，再叙近数年来发愤勤苦却又善忘，接着长叹一声，小结上文，将"不勤"和"善忘"提到"败吾业"的高度来认识。然后，笔锋一转，叙说怎样从"精骑"之说得到启发，编辑了《精骑集》。最后，用一个"噫"字总绾上文，点出编辑目的正是为了弥补"长而善忘"，又回到"不勤"和"善忘"上来，构成了一个首尾圆合的格局。小层次的结构也很谨严。写少时不勤，先写过目成诵，接着以能默写加以强调，然后用一个"然"字转折，从喜游和把卷无几日两方面写"负此自放"，最后，用一个"故"字，对少时作出小结，也构成了

【鉴赏】

一个小的首尾圆合。“善忘”一段,也是同样的格局。文中的大小转折、顿挫各有四五次之多,大有一波三折、一唱三叹之致,却又保持了工稳的圆形结构。文字平易却精当警策,“不勤”“善忘”“精骑”六字揭示事物本质,要言不烦;“虽有强记之力,而常废于不勤”,“虽然有勤苦之劳,而常废于善忘”两句,准确概括人生经验,是理性的升华,带有警句色彩。

本文是一篇书序,说理未占过多的比重,主要靠以事明理,作者在关键处安排一两点精辟的见解,犹如画龙点睛,给人印象特深。

(陆志平　吴功正)

【附录】

秦观生平与文学创作年表

纪　年	年岁	生平经历	主要作品	相关大事
宋仁宗 皇祐元年 (1049)己丑	1	江苏高邮人,字太虚,改字少游,别号邗沟居士。腊月,生于随祖父赴官南康途中。		
皇祐五年 (1053)癸巳	5	返高邮。		
至和二年 (1055)乙未	7	入小学。		
嘉祐三年 (1058)戊戌	10	在小学,已通《孝经》《论语》《孟子》大义。		欧阳修知开封府。王安石上万言书。
嘉祐六年 (1061)辛丑	13	孙莘老从京师返高邮,少游常登门拜访学经。		
嘉祐八年 (1063)癸卯	15	父元化公卒。		宋仁宗卒,赵曙即位,是为英宗。
宋英宗 治平四年 (1067)丁未	19	娶潭州宁乡主簿徐成甫之女徐文美为妻。		宋英宗卒,赵顼即位,是为神宗。
宋神宗 熙宁元年 (1068)戊申	20			翰林学士王安石建议变法。
熙宁二年 (1069)己酉	23		文《浮山堰赋》。	王安石为参知政事。设制置三司条例司。行青苗法。
熙宁三年 (1070)庚戌	22	叔父秦定登进士第,为会稽尉。		青苗法引争议。王安石为宰相。立保甲法。
熙宁四年 (1071)辛亥	21			全面推行免役法。

续表

纪　年	年岁	生平经历	主要作品	相关大事
熙宁五年(1072)壬子	24		文《郭子仪单骑见虏赋》《屯天郎中俞汝尚墓表》。	推行市易法、保马法，颁布方田均税法。欧阳修卒。
熙宁七年(1074)甲寅	26			王安石罢相。
熙宁八年(1075)乙卯	27	岳父徐成甫卒，岳母蔡氏殉之。	诗《送孙诚之尉北海》；文《徐君主簿形状》《蔡氏夫人行状》。	王安石复相。
熙宁九年(1076)丙辰	28	八月，与孙莘老、参寥子游历阳。	词《木兰花慢》；文《汤泉赋》。	王安石再罢相，知江宁府。
熙宁十年(1077)丁巳	29	在家读书耕作。秋，与显之长老等会于高邮。	诗《田居四首》；文《寄老庵赋》《游汤泉记》。	
宋神宗元丰元年(1078)戊午	30	四月，入京应举，途中遇苏东坡，成为东坡门人。	诗《别子瞻》《以莼姜法鱼糟蟹寄子瞻》；文《黄楼赋》。	
元丰二年(1079)己未	31	四月，和参寥子一同随苏轼南下。七月，赶往湖州探望因“乌台诗案”下狱的苏轼。	词《满庭芳》；文《龙井题名记》《龙井记》。	苏轼陷乌台诗案。
元丰三年(1080)庚申	32	游泰州。	诗《和黄法曹忆建溪梅花》。	
元丰四年(1081)辛酉	33	赴会稽迎祖父返高邮。秋，赴京应试。		宋攻西夏，兵败。
元丰五年(1082)壬戌	34	春，在京应礼部试，再次落第。返家途中拜访苏轼。祖父承议公卒。	诗《辇下春晴》；文《吊缚钟文》。	
元丰六年(1083)癸亥	35	秋，蒙诏狱。	诗《对淮南诏狱》。	

续表

纪　年	年岁	生平经历	主要作品	相关大事
元丰七年(1084)甲子	36	吕公著知扬州，投书请见。八月和十月，与苏东坡等人两度相聚金山。十一月，与苏东坡、孙莘老、王定国在高邮东岳庙高岗载酒论文。	诗《中秋口号》。	
元丰八年(1085)乙丑	37	五月，登焦蹈榜进士，拜定海主簿，未赴任。岁暮，任蔡州教授。	文《谢及第启》。	宋神宗卒，赵煦即位，是为哲宗。太皇太后高氏临朝。司马光主政。罢保甲、方田、保马等法。
宋哲宗元祐元年(1086)丙寅	38	在蔡州教授任上，寄居僧坊。		罢免役法、青苗法。王安石、司马光卒。
元祐二年(1087)丁卯	39	六月，与苏东坡等十六人，集于驸马都尉王诜私家园林西园。	词《水龙吟》《南歌子》。诗《次韵太守向公登楼眺望二首》。	
元祐三年(1088)戊辰	40	九月，应召进京应贤良方正、能言极谏科制举。因党争受排挤，返蔡州。		
元祐四年(1089)己巳	41	在蔡州。	诗《赠女冠畅师》；文《书晋贤图后》。	苏轼被贬，知杭州。
元祐五年(1090)庚午	42	六月，得范纯仁等任推荐，任秘书省校正黄本书籍官。	诗《晚出左掖》；文《魏景传》《眇倡传》。	
元祐六年(1091)辛未	43	三月，弟少章登进士第，任仁和主簿。七月，由秘书省校正黄本书籍官迁秘书省正字。八月，受党政牵连降校正黄本书籍官。	词《南歌子》。	苏轼知颍州。

续表

纪　年	年岁	生平经历	主要作品	相关大事
元祐七年(1092)壬申	44	三月，与馆阁诸公同游金明池、琼林苑。姑母卒。	诗《送少章弟赴仁和主簿》《西城宴集》《春日杂兴十首》《春词绝句五首》；词《金明池》《满庭芳》。	苏轼召拜兵部尚书。
元祐八年(1093)癸酉	45	六月，复擢为正字。七月，迁国史院编修，授左宣德郎。八月，任史院编修官。纳朝华为妾，后遣去，二十余日后复娶。	诗《遣朝华》；文《谢馆职启》。	九月，高太皇太后卒，哲宗亲政。苏轼复请外郡，出知定州。
绍圣元年(1094)甲戌	46	三月，因坐党籍被贬为杭州通判。四月，免去馆阁校勘、杭州通判，贬监处州酒税。五月，再遣朝华。	诗《春日杂诗》《再遣朝华》；词《望海潮》《风流子》《江城子》。	苏东坡自定州贬英州，再贬惠州安置。苏辙落职，知汝州，徙袁州，再谪筠州。恢复免役法。
绍圣二年(1095)乙亥	47	贬谪处州。	诗《处州水南庵二首》《游仙》；词《点绛唇》《千秋岁》《好事近》。	恢复青苗法。沈括卒。
绍圣三年(1096)丙子	48	春，因抄写佛书获罪，削秩徙郴州。秋，过庐山。途经长沙，结识一义倡，眷恋至深。	诗《自警》；词《木兰花》《青门饮》《阮郎归》《减字木兰花》《临江仙》《如梦令》。	
绍圣四年(1097)丁丑	49	二月，诏移横州编管。	词《踏莎行》。	
宋哲宗元符元年(1098)戊寅	50	春，自郴州迁横州。九月，移送雷州编管。	诗《鬼门关》《宁浦书事六首》《反初》；词《醉乡春》。	

续表

纪 年	年岁	生平经历	主要作品	相关大事
元符二年(1099)己卯	51	编管雷州。	诗《雷阳书事》三首、《海康书事》十首、《饮酒诗》四首。	
元符三年(1100)庚辰	52	二月，诏移英州，未赴。四月，大赦，诏移横州。六月，于苏轼在海康相会。七月，离开海康北归。八月，卒于藤州。		宋哲宗卒，赵佶即位，是为徽宗。

（远　山）

图书在版编目(CIP)数据

秦观诗词鉴赏辞典 / 上海辞书出版社文学鉴赏辞典编纂中心编. —上海：上海辞书出版社，2016.12(2023.2 重印)
(中国文学名家名作鉴赏辞典系列)
ISBN 978-7-5326-4836-8

Ⅰ.①秦… Ⅱ.①上… Ⅲ.①秦观(1049-1100)-宋词-诗歌欣赏-词典 Ⅳ.①I207.23-61

中国版本图书馆 CIP 数据核字(2016)第 292574 号

秦观诗词鉴赏辞典

上海辞书出版社文学鉴赏辞典编纂中心 编

责任编辑 吕荣莉
装帧设计 姜 明
技术编辑 顾 晴

出版发行 上海世纪出版集团
上海辞书出版社(www.cishu.com.cn)
地　　址 上海市闵行区号景路 159 弄 B 座(邮编 201101)
印　　刷 上海新艺印刷有限公司
开　　本 890 毫米×1240 毫米 1/32
印　　张 4.625
字　　数 115 000
版　　次 2016 年 12 月第 1 版 2023 年 2 月第 2 次印刷
书　　号 ISBN 978-7-5326-4836-8/I·357
定　　价 78.00 元

本书如有质量问题,请与承印厂质量科联系。电话：021-56683339